徳間文庫

夜行列車《サンライズエクスプレス》の女

西村京太郎

徳間書店

目次

第一章　A個室の女

1

カメラマンの木下は、久しぶりに、夜行列車に乗ることになった。

去年の夏に、札幌行の「北斗星」の写真を撮って以来である。

今回は、新しい夜行列車といわれるサンライズエクスプレスだった。新世代のブルートレインといわれている。

飛行便が、終了したあとで、東京を出発し、目的地に、翌朝到着するというのが、この夜行列車のコンセプトだった。

「この列車の快適さと、どんな乗客が、どんな風に楽しんでいるか、取材して来てくれ」

と、「旅と人間」の田島編集長が、いった。

「きっちり、やって来ますよ」

木下が、田島から、サンライズエクスプレスの個室寝台の切符と、取材費を受け取って、オーケイサインをすると、

「一つだけ、いっておくことがある」

という言葉が、返ってきた。

「何です?」

「今日は、いつもの悪い癖は、おさえて、カメラ取材に、専念して欲しい」

「悪い癖って、何です?」

「君の女好きだ」

「別に、悪いことじゃないでしょう?」

「仕事じゃなくて、君が勝手に旅行に行くんなら、何をやっても、君の自由だ。旅先で、女と心中したって構わない」

「心中なんかしませんよ」

「だが、仕事の時は、仕事第一で、やって貰《もら》いたい」

「いつだって、それで、やってますよ」

「去年の北斗星の取材だって、どの写真も、列車と一緒に、同じ女が、写っていたじゃないか」

「その方が、いい写真になると思ったんで、たまたま、同じ北斗星で知り合った彼女に、モデルになって貰ったんです」

「こっちは、列車だけの写真が、欲しかったのに、そんな写真が、一枚もなくて、往生したんだ。締切りが迫っていて、新しい写真を撮る時間がないので、我慢したが、あれじゃあ、困るんだよ」

「それなら、最初から、そういってくれれば、いいんですよ。こっちは、列車だけの写真では、寂しいと思って、彼女に頼んだんですから」

　と、木下は、へらず口を叩く。

「とにかく、今回は、仕事第一にやってくれ」

　と、田島は、釘を刺して、木下を、送り出した。いろいろと、文句があっても、木下というカメラマンを使うのは、それだけの腕を持っているからだった。

木下は、愛用のライカM6を肩から下げ、ショルダーバッグには、他のカメラも入れて、「旅と人間」社を出た。

すでに、午後七時を過ぎているが、お目当てのサンライズエクスプレスが、東京駅を出るのは、二二時〇〇分（午後十時）だから、まだ、ゆっくりと、時間がある。

東京駅の構内の食堂で、少しばかり、おそい夕食をとり、ビールを飲んでから、サンライズエクスプレスの出発する9番ホームに入った。

まだ、列車は、入線していないのだが、乗客の方は、かなり、ホームに入っていた。久しぶりに現われた夜行列車ということで、人気があるのだろう。

今夜のサンライズエクスプレスも、満席だと聞いていた。

ホームの様子を、カメラにおさめている間に、サンライズエクスプレスが、入線してきた。

なるほど、新しい夜行列車という感じのする車体だった。今までは、ブルートレインと呼ばれるように、夜行列車といえば、ブルーの車体だったが、この列車は、ワインレッドとベージュのツートンカラーである。それに、上下二段の窓が、新鮮に映る。

早速、写真を撮っている人たちがいる。

木下は、まず、田島の用意してくれた一人用、A個室に、入ってみることにした。

4号車の階上に六部屋造られていて、急な階段をあがると、左右に、一つずつ、部屋がある。中に入ると、強い木の匂いがした。このA個室に限らず、全体に、木材が、ふんだんに使われている感じだった。

中は、広くはないが、必要最小限のものは、全て、備わっている感じだった。ベッドがあり、サイドテーブルと椅子があり、洗面台がある。寝転がって、テレビが見られるように、液晶テレビが、取りつけてある。

掛ぶとんは、羽毛で軽く、机の上には、タオルや、洗面具が、ビニールの袋に入って、置かれていた。

窓が高い位置にあるので、ホームを見下すことが出来て、ちょっとした優越感にひたることが出来た。

ドアには、押ボタンの錠がついている。暗証番号を決めて、開閉できるようになっている。が、木下は、生来の面倒くさがりだから、そんなことには、無頓着に、カメラを持って、ホームへ出ようとして、ドアを開けた。

そこで、女性にぶつかってしまった。踊り場も、階段も狭いから、隣りの個室の主と、踊り場で、ぶつかることになってしまう。

「ああ、失礼」

と、木下は、謝ってから、また、田島のいう悪い癖が出て、じっと女の顔を見つめて、

「きれいな人だなあ」

と、声を出した。
二十五、六に見える女は、笑っている。恥しそうにしないところを見ると、いわれなれているのだ。
新しい車体なのと、自然にドアが閉まるようになっているので、ドアを開けるには力がいる。

踊り場で、木下とぶつかってしまったので、向うのドアが、閉まってしまっていた。

木下は、素早く、それを開けてやって、

「どうぞ」

「すいません」

木下は、階段をおりたところで、女が出てくるのを待った。

まだ、列車が出るまでに、七、八分ある。

女が、部屋を出て来た。

「お願いがあるんですよ」

と、木下は、声をかけた。「え?」という顔をしている女に、カメラマンの名刺を渡して、

「実は、雑誌の仕事で、この列車の写真を撮ることになったんですが、タイトルが『夜行列車の女』なんです。時間がなくて、モデルの手配が出来なくて、弱っていたんですが、助かりました」

「え?」

「あなたがぴったりなんだ。助けて下さい。お願いします」

「そんなこといわれても――」

「とにかく、ホームへ出て下さい。時間がない」

木下は、強引に、彼女をホームに連れ出し、列車の前に、立って貰って、バシャ、バシャ、カメラのシャッターを、切っていった。

とにかく、こういう時には、強引にやってしまうのがいいと、木下は、思っている。

発車時刻が来て、木下は、彼女を抱えるようにして、列車に入った。

サンライズエクスプレスは、ゆっくり、東京駅を出発した。

1号車から7号車までが、高松行の「サンライズ瀬戸」で、8号車から14号車が、出雲市行の「サンライズ出雲」である。

十四両編成で、岡山まで行き、岡山で、二手に分れて、四国の高松と、山陰の出雲市に向う。

二つの列車間は、往来できないから、4号車に乗っているということは、四国方面に行くということだろう。

木下は、彼女を、自分の部屋に案内し、用意してあった缶ビールをすすめてから、

「とにかく、助かりましたよ。あなたのおかげで、素晴らしい写真が撮れました。ええ、既成のモデルなんか使うより、よっぽどいい写真です。あなたは、美しいし、それに、気品がある。新しい列車に、ぴったりのモデルですよ」

と、賞めあげ、

「四国の何処《どちら》へいらっしゃるんですか？」

「道後《どうご》温泉。そこで、二、三日、のんびりしようと思って」

と、彼女は、笑顔でいう。

「実は、僕も、道後に行くことになっているんですよ。いいなあ。寂しい、ひとり旅を覚悟していたんですが、道後まで、あなたと一緒に行けるんだ」

木下は、嬉しそうに、いった。

田島編集長からは、終点の高松までの切符を貰っているが、別に、四国の取材は、頼まれていない。あくまでも、サンライズエクスプレスの取材なのだ。だから、四国へ入ったあとは、何処《どこ》へ行こうと自由だと、勝手に解釈していた。

木下は、手帳を取り出すと、それに、ボールペンを添えて、女に渡した。

「出来上がった写真を送りたいから、住所と名前を、書いて下さい」

「本当に、送って下さるの?」

「もちろん送りますよ」

木下は、笑顔で、いった。

彼女は、ボールペンを取って、記入して、木下に返した。

〈東京都　杉並区　荻窪×丁目

　メゾン荻窪　407号

　　　　　　　永井　みゆき〉

と、きれいな字で、書いてあった。

「みゆきさん?」

「平凡な名前で、ごめんなさい」

と、彼女が、微笑する。

「いい名前じゃないですか。あなたに、ぴったりですよ」

「どんな風に?」

「美しくて、その上、繊細な感じがする」

「名前を、そんな風にほめられるのは、初めて――」

「僕は、いいことは、正直にいう主義なんですよ。とにかく、あなたの名前に、乾杯!」

木下は、ひとりで、はしゃいで、缶ビールを、のどに、流し込んだ。

そのあと、彼女の部屋に行って、室内の写真を、何枚か、撮らせて貰った。

列車は、横浜、熱海《あたみ》と、停車して行く。

熱海を出ると、すでに、十二時近い。それでも、午前一時近くまで話し合ってから、彼女は、自室に戻り、木下も、ベッドに、横になった。

窓のカーテンを引き下し、テレビを見る。NHKの総合と、衛星放送の三つのチャンネルだけである。しばらく、衛星放送で、サッカーを見ていたが、通信状況が悪いのか、時々、画面が、止ってしまう。それで、テレビを諦め、用意されている寝巻に着がえて、眠ることにした。

この列車の岡山着は、明朝の午前六時二七分である。

2

岡山に着く少し前に、木下は、眼をさました。

起き出して、朝の車内風景を、ひと通り、撮った。岡山には、四分停車だから、ホームにおりて、朝の駅の風景も、撮れるだろう。

彼女は、まだ、眠っているらしく、ドアは閉ったままである。

岡山で、サンライズエクスプレスは、高松行と、出雲市行に分れる。木下の乗る、サンライズ瀬戸の方が、先に出発した。

快晴の中を、七両編成となったサンライズ「瀬戸」は、瀬戸大橋を渡る。

台風が近づいていたが、今は、海面も穏やかで、眼下を進む船が、美しい。

女は、相変らず、部屋から出て来ない。

昨夜、一緒に、缶ビールを飲んだといっても、彼女は、一本半ぐらいしか飲んでいない。

(それでも、二日酔いなのだろうか？)

念のために、ドアをノックしてみたが、返事はなかった。

このまま高松へ行くのなら、乗っていてもいいのだが、松山の道後温泉へ行くのなら、次の坂出《さかいで》で、乗りかえなければならないのだ。

木下は、必死になって車掌に、話した。

「本当に、道後温泉へ行くと、いってたんですか？」

と、車掌はきく。

「ああ。道後で、二、三日、ゆっくりすると、いっていた」

「それなら、坂出で、乗りかえて貰わないとね」

車掌は、ドアをノックし、開けようとしたが、錠がおりている。

車掌は、マスターキーを取り出して、ドアを開けた。

とたんに、木の香りだけでない、何か、嫌な匂いがした。

ベッドに女は寝ていたが、なぜか、顔にまで、ふとんが、かぶせてあった。

「お客さん」

と、車掌は、声をかけながら、その掛ぶとんを、はがした。

鼻血を出した、青白い女の顔が、現われた。

車掌が、ふるえ出した。

木下が、背後から、のぞき込んで、

「どうしたんです？」

「死んでいる」

「死んでる？」

「息をしてません」

「違うよ。この人」

「何をいってるんです。間違いなく、死んでます。とにかく、あなたは、終点の高松まで、行って下さい」

と、車掌は、いった。

午前七時二七分、高松着。

車掌が、電話してあったので、ホームには、香川県警の刑事が、待ち構えていて、どかどかと、列車に、乗り込んで、きた。

小太りの太田という警部が車掌から、説明を聞き、死体を見てから、木下に向って、

「あなたは、この仏さんと、親しくしていたみたいですね？」

「それが、違うんです」

木下は、当惑した顔で、いった。

「何が違うんです？」

「僕が知ってる人とは、別人だというんです」

「何をいってるんですか？」

刑事の顔が、険しくなってくる。

「僕は、この部屋の女性に頼んで、モデルになって貰って、写真を撮りましたがね。この人じゃないんだ」

と、木下はいった。

太田警部は、車掌に向って、

「乗客が、違っているんですか？」

「そんなことは、ないと思いますが――」

「違うんですよ」

と、木下は、繰り返した。

「おかしいな」

「ええ、おかしいんです」

「そうじゃない。あなたの話がですよ。個室の乗客が入れ替っていて、しかも、絞殺されている。誰が見たっておかしい。あなたが、殺したんじゃないのかね？」

「冗談じゃない。第一、ドアは錠がおりていたんですよ。このドアは――」

「知っていますよ。四ケタの暗証番号で、錠がかかるんだ」

「そんな番号を、僕が、知ってる筈《はず》がないでしょう」

「本当に、知らないんですか？」

「昨日、初めて会ったんですよ。そんな男に、部屋の暗証番号を教える筈がありませんよ」

木下が、いった。

その時、彼の部屋を調べていた若い刑事が、何か小さな紙片を持って、太田警部に手渡した。

小判形の小さな名刺だった。

太田は、それを見ながら、

「女性の名前は、永井みゆきじゃありませんか？」

「ええ。僕が、写真を撮った女性は、永井みゆきという名前でした」

「これが、その名刺だ。君の部屋の屑かごに入っていた」

と、太田は、差出した。

〈フローラ・東京　　永井みゆき〉

そんな名刺だった。どうやら、コンパニオン会社らしい。
「裏を見て」
と、太田がいう。
木下が、名刺を裏返すと、そこに、ボールペンで、
〈7382　で開きます〉
と、書いてあった。

「それは、間違いなく、女の部屋の暗証番号だ。君は、それを知っていた。外から、錠をおろすことも出来るんだ」

太田警部は、決めつけるように、いった。

「まるで、僕が、女を殺したみたいないい方じゃありませんか」

「違うのかね？」

「なぜ、僕が、殺すんです？」

「君は、彼女の部屋に入っていった。女も、その気だったが、何かの感情の行き違いで、妙なことになり、君は、カッとして、彼女の首を絞めて殺してしまったんだ。君はあわてて、ドアに、外から、錠をかけ、素知らぬ顔を、決め込んだ」

「違いますよ」

「どう違うんだ？」

「何回もいうように、僕が、いい女だなと思って、写真を撮ったのは、別人なんですよ。そうだ、僕の撮ったフィルムを現像してくれれば、わかりますよ。別人だということが」

木下は、必死で、いった。

「もちろん、現像してみるがね」

太田警部は、ぶすっとした顔で、いった。明らかに、木下の言葉を、信用していない顔だった。

鑑識がやって来て、木下の部屋と、女の部屋の写真を撮り、指紋を採取した。

そのあと、木下は、高松警察署に、連行された。

3

午前十一時頃になって、取調室へ入れられ、太田警部の訊問《じんもん》を受けた。

「東京の旅と人間社に電話して、田島編集長に、話を聞いた」

と、太田は、いった。

「じゃあ、僕が、仕事で、あの列車に乗っていたことは、わかったんでしょう？」

「それはわかったが、田島編集長は、こうもいっていた。木下という男は、女にだらしがなくて、よく問題を起こすとね」

「しかし、人殺しをしたことは、ありませんよ」

「じゃあ、今回が、初めてというわけか」

「冗談はよして下さい」

「司法解剖の結果、被害者は、当日の午前二時頃、首を絞められて、殺されたことが、わかったよ」

「僕じゃない。何度もいいますが、別人なんですよ。僕のフィルムは、現像してくれたんですか？」

「ああ。現像して、引き伸した」

太田は、ポケットから、名刺サイズの写真を、何枚か取り出し、木下の前に、並べていった。

それを見て、木下は、がくぜんとした。

東京駅のホームで、サンライズエクスプレスをバックに立っている女の写真。女の個室で、笑っている写真。全て、木下が撮った女ではなく、殺された女なのだ。

「すりかえられたんだ！」

と、思わず、叫んだ。

「すりかえられた？」

「そうです。僕の撮った写真と、すりかえられたんだ」

「どうやって？」

「僕は、万事に、だらしがないんです。面倒くさがりでね。あんな暗証番号でドアを閉めるのが、面倒だから、トイレに行く時だって、岡山で、ホームにおりた時だって、ドアは、施錠してないんです。その時に、フィルムを、すりかえるなんてこと、誰にだって出来た筈ですよ」

「嘘だな」

「本当ですよ」

「君は、車掌に、彼女は、松山の道後温泉に行くことになっていると、いったそうだな？」

「いいましたよ。彼女は、そういってたから」

「だがね。彼女の持っていた切符は、高松までになっているんだ」

「僕が、いっているのは、別の女のことなんですよ」

「あの部屋の切符は、一枚しかないんだ。女が死んでいた4号車のA個室4番の切符はね。その切符が、高松行だったんだよ。君のいうように、別の女が、その切符を持っていたとしても、どうして、松山へ行くと、君にいうんだ？」

「だから、嘘をついたんですよ。僕は、はめられたんです」

「君は、その女と、昔からの知り合いか？」

「どっちの女のことを、いってるんですか？」

「どっちでもいい」

「どちらとも、初対面ですよ」

「本当に、初めてなんだな？」

「そうですよ」

「それで、どうして、君を、罠《わな》にはめたりするんだね。おかしいじゃないか」

太田警部は、険しい顔で、木下を睨《にら》んだ。

「わからない。わかりませんよ」

と、木下は、繰り返した。

「松山の話も嘘、写真のことも嘘。どうしようもないね」

太田は、いう。

「嘘じゃありませんよ。僕は、全て、本当のことを、話しているんです」

「何処に本当の話があるのかね？　違う女がいたというが、君のフィルムにも、写っていないじゃないか」

「だから、フィルムを、すりかえられたんですよ。この写真は僕の撮ったものじゃない」

「それを証明できるのか？」

「出来ませんよ。僕のフィルムは、盗まれてしまってるんだから」

木下は、自棄《やけ》気味に、いった。

それでも、まだ、木下は、本当の恐怖は、感じていなかった。

女を殺したのは、自分じゃない。それは、いずれ、わかる筈だという気持が、あったからである。

そのくらいのことは、今、眼の前にいる太田という警部にだってわかる筈だ。何しろ、彼は、捜査のプロなのだから、こんな簡単なことが、わからない筈はないだろう。

「僕は、田島編集長にいわれて、昨日、サンライズエクスプレスに乗ったんです」

「それは、聞いてるよ」

太田は、肯《うなず》いた。

「僕が、乗りたいといって、あの列車に乗ったわけじゃないんです。田島編集長が、勝手に決めたことなんですよ」

「だから？」

「サンライズエクスプレスにも、生れて初めて乗ったんです。4号車のあのA個室の切符も、田島編集長が買って、僕に渡したんです。僕が、あの部屋に乗りたくて、希望したわけじゃない」

「だから、何なのかね？」

「全く、偶然なんですよ。そんな僕が、殺すわけがないじゃありませんか」

「われわれは、計画的殺人だなんて、いってないよ。偶然の、突発的な殺人だといってるんだ。女好きの君は、たまたま、サンライズエクスプレスで出会った女を、物にしようとして、ケンカになり、かっとして、殺してしまった。そういう事件だと思っている。女の方も、部屋の暗証番号を、君に教えたりしているんだから、彼女にも、その気があって、君を部屋に迎え入れた。多分、言葉のいき違いか何かで、君は、かっとしてしまったんだろう。それに、君には、前科はないらしいから、そんなに重い罪にはならないと思ってるよ。まあ、殺意はなかったということで、五、六年ですむだろう」

太田は、冷静に、しゃべる。そのことで、木下は、逆に、本当の怖さを感じ始めてきた。

このままでいくと、間違いなく、殺人犯にされてしまうという恐怖だった。その恐怖はじわじわと、高まってくるのだ。

「違うんだ！」

と、思わず、木下は、叫んでいた。

「何が、違うんだね？」

相変らず、太田の声は冷たい。

「殺意がどうのこうのだとか、かっとしてだとかそんな問題じゃないんだ。僕は、死んだ女なんか知らないし、殺してもいないんです」

「だが、君は、彼女の写真を撮ってる。それも熱心にね。この写真が、それを示しているじゃないか」

「僕の撮った写真じゃない」

「君が、そういってるだけだ」

「紙と鉛筆を貸してくれませんか。4Bくらいがいい」

急に、木下が、いった。

「何をするのかね？」

「僕は、絵のデッサンを勉強したことがあるんです。だから、僕の会った女の顔を描きたい。それを見て下さい」

「死んだ女の顔を描いても仕方がないだろう」

「そうじゃなくて、僕が、写真に撮った女の顔です。お願いします。忘れない中《うち》に、描いておきたいんです」

と、木下は、いった。

太田は、しばらく考えていたが、取調室を出て、スケッチブックと、4Bの鉛筆を持ってきてくれた。

「これに描いたらいい」

と、太田は、いう。

「あなたのスケッチブックですか?」

「ああ、そうだ」

「刑事さんでも、絵を描くことがあるのか」

木下は、少しだけ、太田警部に、親しみを感じた。

「席を外しているから、その間に、描いておきなさい」

と、いって、太田は、出ていった。

木下は、煙草に火をつけた。すぐには、描けなかった。

(ひどいことになってしまったものだ)

どうしても、その気持が、大きく、広がってしまうからだ。

だが、ただ、ぶつぶつ文句をいっていても仕方がない。煙草を消して、木下は、女の顔を思い出すことにした。

まず、輪郭を描く。鉛筆を動かしている中に、彼女の表情や、話し方が、思い出されてくる。

黒髪が、魅力的だった。

（この女が、おれを罠にかけたなんて、とても、考えられない）

と、いう気が、今もしている。

そんな感情にゆられながらも、少しずつ、女の顔が、出来あがっていった。

一時間ほどして、太田警部が、入って来た。

「出来たか？」

と、きく。

木下は、黙って、スケッチを、差出した。

「上手《うま》いな」

と、太田は、まず、ほめた。

「あなたも、なかなかですよ」

木下も、いった。スケッチブックにあったのは、全て風景のスケッチだが、下手ではなかった。

太田は、珍しく、照れたような顔になったが、すぐ、冷静な眼になった。

「これが、君が会ったという女か？」

「そうです」

「美人だな」

「魅力的な女性ですよ。だから、彼女の写真を撮ったんです」

「だが、その写真は、何処《どこ》にあるんだ？　それが、無ければ、このスケッチだって、君が、頭の中で、でっちあげた架空の女だということになってくるんだ」

「いたんですよ。これを、サンライズエクスプレスの車掌に見せて下さい。美人だから、覚えている筈です」

木下は、必死に、いった。

「見せてみるがね」

太田は、あまり気のない調子で、いった。車掌には、すでに、聞いている。その時には、この似顔絵はなかったが、車掌は、サンライズエクスプレスが満席だったので、各個室の乗客の顔は、よく覚えていないといっているのだ。

それに、夜行列車である。

昼間の列車なら、車掌は、何回も、車内を見て廻るが、夜行列車では、一回、切符を見たあとは、乗客と、顔を合せることはない。

つまり、美人だからといって、その乗客を覚えていることは、まず、あり得ないだろう。

それに、太田は、木下の言葉を信用していないのだ。

彼に、仕事を頼んだという「旅と人間」社の田島編集長の証言もある。

「女にだらしがなくて、時々、問題を起こしている」

と、いう証言である。

「今回も、女に、ちょっかいを出して、仕事を台無しにするなよと、出発するとき、注意したんですよ」

とも、田島はいった。

木下自身も、それを否定していない。

今まで、女のことで、問題を起こしてきたことをである。

ただ、今までは、それが、刑事事件にはならなかった。が、今回は殺人にまで、発展してしまったのではないのか。

殺された女は、持っていた運転免許証から、東京の荻窪に住む永井みゆきと、わかったが、このことは、木下も、認めている。

彼の手帳に、女が、住所と名前を書いてくれたのを、見せたからである。

だが、別人だと、木下は、主張している。

太田は、警視庁に、この永井みゆきと、木下のことを、調べて貰うことにした。

その日の夕方になって、警視庁からの回答が、FAXで、届けられた。

〈ご依頼の件につき、今までにわかったことを、報告します。

まず、永井みゆきですが、新橋の雑居ビルにある「フローラ・東京」というコンパニオン会社の社長で、彼女自身も、コンパニオンをやっております。

所属するコンパニオンは、二十名ですが、モデル、タレントの卵など、美人を揃えていて、商売は、結構、繁盛しているようです。各種パーティにも、呼ばれているようで、最近では、ある政治家の個人パーティに、出ています。永井みゆきは、まだ、二十五歳ですが、この世界では、やり手で通っており、そのため、敵も多いようですが、有名人とも関係があり、それを、商売に、利用していたようです。

彼女は、四国の高知の生まれで、短大を卒業後、上京、最初は、OLをやっていましたが、突然、退社して、現在の仕事を始めています。同棲の経験はありますが、結婚したことは、ありません。仕事の面で、相談している弁護士がいますが、彼は、今、東京にいます。

次に、木下孝ですが、年齢は三十二歳。独身です。

名古屋の生れで、東京のS写真学校を卒業しています。同業者の話では、カメラマンとしての腕は、なかなかのものだが、仕事や、女に、だらしがないところがあり、そのため、彼に仕事を頼むのを躊躇《ちゅうちょ》するところもあるようです。

婚約不履行で訴えられたことがあります。が、刑事事件を起こしたことは、ありません。現在、何人かの女性とつき合っているようですが、特定の恋人はいないようです。永井みゆきと、木下孝に、今までに、接点があったという証拠は見つかっておりませんので、サンライズエクスプレスで会ったのが、最初だと思われます。

なお、木下に、仕事を頼んだ田島編集長との関係ですが、良くも悪くもなかったと思われます。「旅と人間」社では、木下の他に、もう一人のカメラマンを、使っていますが、田島は、二人を等分に使っていたようで、木下を、特別に可愛がっていたということも、その逆もないようです。二人の間に、個人的な問題もありません。従って、田島編集長の話は、信用できるものと、考えます〉

4

高松警察署で、捜査会議が、開かれた。

青木本部長が、太田警部に、まず、捜査状況の説明を求めた。

「被害者の永井みゆきの経歴については、コピーを、廻した通りです。東京で、コンパニオン会社を経営し、自らも、コンパニオンとして、働いています。現在、彼女を、サンライズエクスプレスの個室内で殺害した容疑者として、同じく東京在住の木下孝というカメラマンを、逮捕し、勾留しています。状況証拠は、彼が犯人であることを示していますが、彼は、犯行を否認し、また、決定的な証拠もありません。彼の経歴も、コピーして、配ってあります」

太田が、説明する。

「計画的な殺人ではないということかね？」

と、青木本部長が、きく。

「警視庁からの報告では、被害者の永井みゆきと、木下孝の間には、過去に接点は、見つからないということです。サンライズエクスプレスの車内で、初めて、知り合ったとみていいと思います」

「それで、なぜ、木下が永井みゆきを殺したと、考えるのかね？」

「木下は、女好きで、これまでにも、女性のことで、しばしば、問題を起こしています。サンライズエクスプレスで、隣り合せの個室になった木下は、永井みゆきを見て、すかさず、声をかけたものと思われます。彼女をモデルにして、写真を、何枚も撮っていますから、これは、間違いないと思います。また、彼女の方も、木下に、自分の部屋の開け方を教えています。彼女の個室には、木下の指紋がついていますから、彼が、女の部屋に入ったことは、確かです。つまり、いい仲になったという可能性は、十分にあるわけです」

「それなら、木下が、永井みゆきを殺す理由は、なくなるんじゃないのかね？」

「ただ、彼女は、コンパニオンです。いざという時、急に、金を要求したのではないでしょうか。それで、かっとなった木下が、思わず、彼女の首を絞めて殺してしまったのではないか。私は、そう考えたわけです」

「衝動的な殺人か？」

「そうです」

「だが、木下は、否認している？」

「その通りです」

「君は、どう思っているんだ？　木下が、被害者を、殺したと思っているのか？」

「今のところ、木下以外に、犯人はいそうもありません。状況証拠からすれば、木下が犯人です。だから、勾留しました」

「木下という男は、この経歴によると、女性のことで、問題を起こしてはいるが、殺人は、やっていないんだろう？」

「そうです」

「そうなると、起訴は難しいかな？」

「今のままでは、難しい気がしています。今もいいましたように、状況証拠は、クロなんですが、起訴できるだけの証拠があるといえるかどうか——」

「弱気だな」

「木下の否認が余りにも、強いのです」

「犯人は、たいてい、最初は、否認するさ」

「その否認の仕方が、奇妙なのです」

と、太田は、いった。

「どんな風にだ？」

「永井みゆきの写真を撮ったこと、ナンパしようと思ったことは、認めているんです」

「ナンパ——？」

「はい。彼女が、道後温泉に行くといったので、自分も道後へ行くつもりだった。木下は、そういっているのですが、その一方で、自分が、ナンパしようとした永井みゆきは、殺された女とは別人だといっているのです」

「なるほど。妙な否認の仕方だな」

「奇妙な、というより、バカバカしい否認の仕方です」

「しかし、木下のフィルムには、被害者が、写っているんだろう？」

「そうです」

「それなら、木下の話は、でたらめだということになるんじゃないのかね？」

「それについては、フィルムが、すりかえられたんだと、いっています」

「誰が、したというんだ？」

「彼にいわせれば、当然、真犯人ということになって来ます」

「それは、少しばかり、おかしいんじゃないのかね？」

と、青木本部長が、いった。

「そうなんです。おかしいのです。木下と、殺された永井みゆきとの間に、全く接点がないことは、彼自身も認めていますし、警視庁からの報告にも書かれています。木下のいうことが正しければ、真犯人が、別にいて、彼は、罠にかけられたことになって来ます。永井みゆきの写真も、その真犯人が、あらかじめ、撮っておいてすりかえたことになってくるのですが、今もいったように、永井みゆきと、木下は初対面だし、木下は、たまたま雑誌の依頼で、サンライズエクスプレスに、乗っているのです。なぜ、真犯人が、前もって、写真を用意できたのか、わかりません」

太田は、いい、一枚の似顔絵を、本部長に見せた。

「これが木下のいう、自分が会ったという永井みゆきです。彼が、描きました」

「なかなか、上手いものだな」

と青木本部長は、感想を、口にしてから、

「この女が、木下は、実在したと主張しているんだな？」

「そうです」

「それで、この女とも、サンライズエクスプレスで、初めて、会ったと、木下は、いってるんだな？」

「そういっています」

「とすると、木下のいう通り、別人だったとしても、同じ疑問が、出てくるじゃないか。初対面の女を使って、誰が、木下を罠にはめたのかという疑問だよ。木下は、そんなに、周囲の人たちから、憎まれていたのかね？」

と、青木が、きく。

「その点ですが、今もいうように、女性にだらしがないことは、彼を知る人は証言しているようです。だが、前科はありませんし、憎まれるという性格ではないようです。今回のことでも、もし、犯人なら、さっさと逃げればいいのに、列車に残っていて、永井みゆきと一緒に、道後温泉に行くつもりだったといっているのです。この場合の永井みゆきというのは、その似顔絵の女の方ですが」

「何だか、君の話を聞いていると、木下孝という男が、犯人ではないと、思っているみたいだな？」

青木本部長は、苦笑して、太田警部に、いった。

「最初は、彼が犯人だと疑いませんでした。状況証拠は、全て、彼が犯人だということを、示していたからです。ところが、彼を訊問している中《うち》に、だんだん、自信がなくなってきました」

太田は、正直に、いった。

「なぜなんだ？　決定的な証拠がないからというだけじゃなさそうだな？」

「あまりにも、木下という男が、無防備だからです」

「無防備？」

「そうなんですよ。今もいったように、犯人なら、さっさと、逃げればいいのに、そうしていません。その上、永井みゆきと、一緒に、道後温泉へ行くつもりだったというし、写真だって、始末してしまえばいいわけです。それもしていませ
ん」

「なるほどね」

「人殺しをして、平然としているのか、逆に、殺していないので、平気でいるのか、わからなくなっているのです」

と、太田は、いった。

「君が、それでは、起訴は、難しいな。どうしたら、いいと思っているのかね？」

「このまま、新しい証拠が出るか、木下が、自供するかしない限り、時間が来たら、釈放せざるを得ないと、思っています」

と、太田は、いった。

結局、木下孝は釈放されることになった。

太田は、最後に、木下に向って、

「どうも、君という男が、よくわからないね」

「それは、まだ、私を、完全にシロだと思ってはいないということですか？」

木下は、返却されたカメラを、バッグに納めながら、太田に、きいた。

「それもあるが、信用出来ない話を、根気よく主張していたねえ」

「女のことですか。それは、本当なんです。あのA個室には、被害者とは違う女が、本当にいたんですよ。だから、ずっと、いい続けたんです」

「じゃあ、その女は、何処かに、いるわけだな？」

「ええ。彼女は、今度の殺人事件に絡んでいることは、間違いないんです」

「この女がねえ」

と、太田は、木下の描いた似顔絵に眼をやった。

「その絵は、返して下さい。警察は、こんな女は、実在しないと思っているんでしょう？」

「最初は、いないと思っていたが、今は、半信半疑になっている」

と、太田は、いった。

「いるんですよ。何処かで見つけたら、あなたに、電話しますよ」

木下は、そういって、似顔絵をたたんで、ポケットに、入れた。

「これから、どうするつもりだね？」

「雑誌に頼まれた仕事を、すまさなければなりません。もう一度、サンライズエクスプレスの写真を撮ってから、東京に戻るつもりです」

と、木下は、いった。

高松署を出ると、風が強かった。留置されている間に、台風9号が、四国を通過して行き、その名残りの風が、吹いているのだ。

木下は、高松駅に行き、東京の田島編集長に電話をかけた。

「大丈夫か？」

と、田島が、きいた。

「ひどい目にあいましたよ。頭から犯人扱いでしたから。それで、仕事のことなんですが、まだ、間に合いますか？」

「まだ間に合うよ。明後日までに、必要な写真を撮って、帰って来てくれ」

と、田島は、いった。

それなら、サンライズエクスプレスの写真は、明日の夜、下りの列車に乗ってから、撮ればいいだろう。

木下は、そう考え、高松から、松山行の列車に乗った。

なぜか、道後温泉に、一泊したくなったのである。

雲が切れて、少しずつ、晴れ間が多くなっていく。座席に腰を下し、明るさを増していく四国の景色を眺めながら、木下は、どうしても、「あの女」のことを、考えてしまう。

魅力的な女だった。

冷静に考えれば、あの女に、罠にかけられて、殺人容疑者にされてしまったのだと思う。

それはわかっているのだが、恨みとは別に、彼女に、もう一度、会ってみたいと思うのだ。

男は、美しい女を見ると、彼女の心まで美しいと思ってしまうものだという人がいる。正確にいえば、心も美しいと、思いたいということになるのかも知れない。

今の木下も、それだった。

殺人容疑者にされて、高松警察署に留置されたが、その原因を作ったのは、明らかに、あの女なのだ。

それなのに、不思議に、恨む気が起きて来ないのである。

（きっと、誰かに脅されて、おれを、罠にかけたに違いない）

と、彼女のために、弁明してしまう。

松山駅で降りると、道後温泉へ行く伊予鉄道に乗りかえる。

木下は、三回ほど、この道後に、来たことがあった。学生の時は、遊びだったが、他の二回は、仕事だった。いずれのときも、昔なつかしい市内電車に乗っている。

ＪＲ松山駅が市のはずれにあるのに比べて、こちらの駅は、市の中心街にあり、何処へ行くにも、この市内電車の方が便利である。

だから、乗客が多い。廃止にならないのは、市民の需要が多いからだろう。

電車に乗って、走り出すと、道路が前に来た時よりも、広くなったような気がした。前に来たときは、道幅が狭く、民家の軒すれすれに、走ったような気がしたのである。

それでも、途中から急に道幅が狭くなった。昔通りの感じになった。

道後温泉駅に着いた。

この駅は、オモチャみたいに、可愛らしく、よく、写真の題材にされる。

今日も、木下は、何枚か写真に撮った。駅には、からくり時計もあるので、わざわざ、時間が来るまで待ち、からくりが動くのも、写真に撮った。これは、職業意識である。

そのあと、高松駅で、電話予約したホテルに向って、歩いて行った。「坊っちゃん」で有名な、古い温泉の前を通り、Sホテルに入る。

夕食までの間に、一階の大浴場に入った。すいているので、湯舟の中で、思いきり手足を伸ばし、眼をつぶったが、そうしていると、どうしても、「あの女」のことを考えてしまう。

（どんな女なのだろうか？）

と、考えは、そこへ行ってしまう。

彼女は、高松行の切符を持っていた筈だと思う。殺された、永井みゆきが、高松行のあのA個室の切符を持っていたからだ。

犯人が、「あの女」の切符を、死体に持たせておいたに違いない。他に、考えようがない。

それなのに、「あの女」は、木下には、道後へ行き、二、三日は、ゆっくりしたいと、いっていた。木下の気を引くために、嘘をいったのだろうか？

だが、そんなことで、嘘をつくだろうか？　嘘をついて、別に、何か得《とく》があるとも、思えない。そう考えると、つい、うっかり、道後の名前を口にしてしまったと考えるのが、自然ではないだろうか？

（多分、前に、道後に、来たことがあるのだ）

木下は、そう考えた。

部屋に戻り、仲居が、夕食の仕度を始めた。その仲居に、木下は、似顔絵を見せて、

「この女性を見たことがないかな？」

と、きいた。

「きれいな人ですねえ」

と、仲居は、感心したが、

「見たことは、ありませんよ」

と、いった。

この道後温泉には、四十軒近いホテル、旅館がある。その一軒で否定されても、木下は、めげなかった。

夕食をすませたあと、木下は、ホテルを出ると、旅館街を歩き、片っ端から、フロントで、似顔絵を見せて、廻った。

だが、見たという返事は、返って来なかった。木下は、がっかりして、Sホテルに、戻った。

（あの女は、道後には、関係のない人間だったのか）

そうだとすれば、いくら、道後の温泉街を歩き廻っても、彼女の足取りは、つかめないだろう。

翌朝、朝食をとっていると、昨日の仲居が、

「昨日の似顔絵、見せてくれませんか」

と、木下に、いった。

「ここに泊ったお客の中に、似た人がいたの？」

勢い込んで、木下がきくと、仲居は、

「そうじゃないんだけど、見たいという人が、いるんですよ。この顔の女のことを話したら」

「ぜひ、その人に、会いたいね」

と、木下は、いった。

午前十時に、チェックアウトしたあと、木下は、仲居の案内で、その人に会っ

た。

　ホテルの近くの喫茶店で会ったのだが、二十五、六歳の女性だった。

「よく見せて下さい」

　と、彼女はいい、じっと、似顔絵を見ていたが、

「よく似てるけど、違うかも知れません」

「あなたの知ってる人に、似ているんですね？」

　木下は、きいた。

「ええ。でも、彼女、東京で亡くなったと、聞いたんですよ」

　と、女は、いう。

　木下は少しばかり、がっかりしながらも、

「その人の名前や、何処で会ったか、話して下さい」

「高校時代の同窓生なんです。名前は、小柳ゆみ。卒業してから、東京に行ったんですけど」

「その小柳ゆみさんの家は、何処にあるんですか？」

「彼女の家は、もうありません。彼女が、上京したあとで、火事で全焼してしま

いました」

「家族は、今、何処に？」

「亡くなりましたわ」

「亡くなったって、その火事でですか？」

「ええ。ご両親が、火事で亡くなったんです。そのあと、彼女が、どうしているのか、わからなかったんですけど、東京で、去年病死したと、聞いたんです」

「病死ですか？　それは、間違いないんですか？」

「確かに聞いたんです。それで、可哀そうにと、思っていたんです。美人で、頭が良くて、仲間の中で、一番、最初に、結婚するのは、彼女に違いないと、いってたから」

と、女は、いった。

「この似顔絵は、小柳ゆみさんに、似ていますか？」

「ええ。よく似てますわ」

「身長は、一六〇センチくらい？」

「ええ」

「ちょっと、かすれたような声を出す？」

「ええ」

「これは、彼女の字だと思いますか？」

木下は、手帳を取り出し、「あの女」が、書いてくれた字を、見せた。

女はじっと、見ていたが、

「でも、これには、永井みゆきと、書いてありますわ」

「その名前は、無視して下さい。あなたの知っている小柳ゆみさんの字に似ているかどうか、いって下さい」

と、木下は、いった。

「ええ。似ています。こんな字でした」

「そうですか――」

「ゆみは、生きているんですか？」

女が、眼を大きくして、きく。

「わかりません。これから、東京に帰るんですが、彼女のことで、連絡したい時、どうしたらいいか、教えて下さい」

木下は、手帳の余白に、女の住所、電話番号、それと、名前を書いて貰った。

〈M銀行道後温泉支店　宮本さゆり〉

と、女は、書き込んだ。

木下は、礼をいって、彼女と、別れた。

「あの女」のことが、わかったかどうか、自信がなかった。小柳ゆみという女性と似ているというのだが、同時に、その女性は、東京で、病死したと聞いているとも、いうからである。

だが、少しだけ、希望が、持てたとも、木下は思った。

とにかく、似顔絵によく似た女が、いたことだけは、わかったのだ。

第二章　再会の時

1

木下は、東京に戻った。

さっそく、「旅と人間」編集部を訪ね、田島編集長に、事件のことを報告した。

「とにかく、帰りに、サンライズエクスプレスの写真を撮って来ましたから、使って下さい。車中記録も、書いて来ました」

と、写真も、渡した。

田島は、笑った。

「全て、君の女好きがもたらしたものだろう。だから、同情はできないな。写真は、締切りに間に合ったから、使わせてもらうがね」

「僕は、はめられたんですよ。女に」

「しかし、殺された女には、前に会った記憶がないんだろう？」

「もう一人の女ですよ。最初に会った女です」

木下は、自分がスケッチした女の似顔絵を、田島に見せた。

「美人じゃないか」

と、田島は、ニヤッとしてから、

「しかし、この女にも、前に会った記憶はないんだろう？」

「ええ。いくら、考えても、ないんです」

「それなら、なぜ、彼女が、君を、罠《わな》にはめるんだ？」

「それが、わからなくて、困っているんですよ」

「テレビのサスペンスドラマに、よくあるやつじゃないのかね」

「何のことです？」

「ある男に欺された女が、自殺する。彼女には、妹が、いて、姉の仇《かたき》を討つために、男を罠にかける。あれだよ」

田島は、真顔で、いう。

「バカなことはいわないで下さいよ」

「君は、何人もの女と、いい思いをしてきたんだろう。泣かされた女がいると噂《うわさ》も聞いているよ」

「デマですよ。それに、自殺した女なんかいません。僕は、確かに、女好きだが、誠実な男ですよ」

「誠実な男ねえ。それなら、なぜ、女に、はめられたりするんだ？　おかしいじゃないか」

「そうですよ。おかしいんです」

と、木下は、いった。

田島は、原稿料と、写真の代金を払ってくれた。

「どうだ？　少し待っていてくれたら、一緒に、飲みに行くよ」

と、田島は、いった。

「いいですね」

木下は、肯《うなず》き、近くの喫茶店で、彼を待つことにした。三十分あまり待って、田島と一緒に、新橋で、夕食をとり、そのあと、銀座のクラブに飲みに行った。

店の名前は、ミラージュ。「旅と人間」の編集部が、よく利用する店である。

木下も、何回か、行ったことがあった。

四十歳のママは、もともと、文学少女だったといわれている。それだけに、客に、マスコミ関係が、多かった。

木下と、なじみのヒロコが、笑いながら、

「四国で、ひどい目にあったんですってねえ」

「ああ、警察が、間違えやがった」

「あなたに欺された女性たちの恨みが、どんと、ぶつかっていったのよ。みんな、そういってたわよ」

と、ヒロコは、からかう。それを、田島は、ニヤニヤしながら、見ている。

「どう考えても、おれは、女に、はめられたんだ」

「木下さんでも、女性に欺されることがあるの？」

「こう見えても、おれは、純真で、欺されやすいんだ」

と、木下は、いった。

「どんな女に、欺されたの？」

「この女だよ」

木下が、例の似顔絵を見せると、他のホステスも、集ってきた。

「なかなか、美人じゃないの」

「木下さんって、こういう顔に弱いのか」

「ああ、女優の――に、似てるんだ」

と、ホステスたちは、勝手なことを、いう。

「何て名前なの？　この女《ひと》？」

ヒロコが、きく。

「多分、小柳ゆみ、という名前だと思う」

「なんだ。名前がわかってるのか」

田島が、驚いたようにいう。

「そうじゃないかというだけで、違うかも知れないんですよ」

「どうして、自信ないの？」

ヒロコが、きいた。

「その小柳ゆみという女性は、東京で、死んだという話なんだよ。死んでいれば、おれを欺した女じゃなくなる」

「じゃあ、幽霊に欺されたことになるの？」

「バカなことはいわないでくれよ」

木下は、手を振って、みせた。

あの女は、幽霊などではなかった。肉感的な、色白な美人だ。そんな幽霊がいるものか。

「欺されたのに、まだ、その女に、未練があるみたいだな」

と、田島が、からかった。

「未練なんかありませんよ。とにかく、取っつかまえて、なぜ、欺したのか、問いただしたいんです」

木下は、ぶぜんとした顔で、いった。

いくら考えても、彼女に、前に会った記憶がない。だから、彼女が、個人的な恨みで、自分を罠にかけたとは、思えなかった。と、すると、誰かに頼まれて、罠にかけたに違いない。

そんなことを考えていると、いくら飲んでも、酔えなかった。

三鷹の自宅マンションに帰ってから、急に、酔いが、廻ってきた。悪酔いだった。

2

翌日、昼頃になって、やっと、眼をさました。二日酔いで頭が、痛い。何とか、顔を洗い、少し、しゃきっとしてくると、また、あの女のことが、気になってきた。

あの女は、殺された女と、どこかで、つながっている筈なのだ。殺された女は、永井みゆきという名前だが、あの女も、永井みゆきと、名乗っていたからである。

木下は、カメラを持ち、車で、出かけることにした。

殺された永井みゆきの住所は、確か、杉並区荻窪のマンションだった。

まず、そのマンションを見に行ってみようと、思ったのである。

問題のマンションは、すぐ見つかった。メゾン荻窪。その407号室だった。

木下のマンションは、中古で、壁に、ひびが入っているような代物だが、こちらは、新築の豪華マンションである。

（コンパニオンというのは、儲《もう》かるのかな）

と、思いながら、木下は、エレベーターで、四階にあがっていった。

廊下を、部屋ナンバーを見ながら、歩いていると、ふいに、背後から、声をかけられた。

中年の男で、ひと目で、刑事らしいと思った。

「失礼ですが、お名前を教えて頂けませんか」

と、その男は、警察手帳を示してから、いった。

それには、亀井という名前があった。

木下は、黙って、運転免許証を示した。

「木下――さん？」

と、亀井刑事は、呟《つぶや》いてから、急に、眼を大きくして、

「ああ」

と、肯き、

「永井みゆきの部屋を訪ねて、いらっしゃったんでしょう？」

「何となく、見てみようと思って」

「遠慮なく、入って下さい」

亀井は、自分から、４０７号室のドアを開けて、木下を、中に招じ入れた。

「本当に、構わないんですか？　僕は、永井みゆき殺しの容疑者とされた人間ですよ」

「しかし、もう、釈放されたんでしょう」

「そうですが――」

木下は、突っ立ったまま、部屋を見廻した。全部で、２ＤＫの間取りで、入ってすぐのこの部屋は、八畳程のリビングルームになっていた。

「まあ、座ったら、どうです」

亀井刑事は、落着いた声で、いった。

木下は、ソファに腰を下した。

「永井みゆきというのは、どういう女性なんですか？」

「知っていらっしゃるんでしょう？」

「向うの警察で、コンパニオン会社の社長をやっているということは、聞きましたよ。しかし、その他は、何も知らないんです。性格も、人間関係も。出来たら、それを知りたいんです。ここへ来れば、何かわかると思って、来てみたんです」

と、木下は、いった。

「何のためにです？」

「決ってるじゃありませんか。僕の容疑を、晴らしたいからですよ。僕は、殺してないし、彼女のことは、何にも知らないんです。彼女を殺した犯人がいる筈なんです」

「なるほどね。この部屋に、見覚えは？」

「あるわけないでしょう！」

木下は、思わず、声を荒らげた。この刑事は、まだ、自分を疑っていると、思ったからだった。

「そうでしたね」

と、亀井は、あっさり肯いてから、手帳を広げた。

「永井みゆきは、高知出身です」

「それは、知っています。向うの警察で、教えられました」

「殺された時、彼女は、フローラ・東京というコンパニオン会社の社長をしていた。会員数は、二十名といってもこういう会社の会員数というのは、出入りが激しい。成功の秘訣は、常に若くて、美人の女の子を揃《そろ》えておくことだといわれているんです。永井みゆきの偉い所は、ただ、新聞なんかで、コンパニオンを募集するだけでなく、地方へ行って、若くて、美人で、お金が欲しい女性を連れて来ていた。だから、小さいが、はやっているコンパニオン会社でした。今回の高松行も、そのために、出かけたといわれているんです」

「やり手だったんですね？」

「そうらしいですね。少し危険な仕事もしていたらしいのです」

亀井が、小さく笑った。

「危険って、どんなことです」

「だいたい、コンパニオン会社は、パーティなどがあると、所属のコンパニオンを派遣するんですが、永井みゆきは、その他に、秘密の会員を募集して、毎月一日に、この部屋で、その会員を呼んで、ランチキ騒ぎをやっていた。それ以上のこともやっていたらしい」

「売春ですか？」

「まあ、そんなところです」

「どうして、わかったんですか？」

「密告ですよ。だが、証拠は見つかりませんでした。会員名簿でもあればと思ったんですが、いくら探しても、見つかりませんでした」

「じゃあ、その会員の一人が口封じに、彼女を殺したことも、考えられるんですね？」

「口封じじゃなく、会員名簿を奪うためだと思いますね。ただ口封じのためなら、フローラ・東京のコンパニオン全員を、殺さなきゃなりませんからね」

「そうですね。他に、永井みゆきを殺したいと思っている人間は、いなかったんですか？」

と、木下は、きいた。

「今も、いったように、彼女は、やり手だったし、危険なことにも、手を出していたらしいので、敵は、多かったですよ。それに、お金のこともある」

「お金？」

「今もいったように、彼女は、フローラ・東京の社長として、あの日、高松に、若くて美人で、お金を欲しがっている女性を探しに行ったと、思われるのです。それで、前日に、彼女は、百万円を、銀行でおろしています」

「支度金――？」

「まあそんなことに、使うためでしょう。ピン札で百万円です。その百万円は、持って、高松へ行ったと思われるのですが、向うの警察の話では、見つかっていません」

「犯人が、盗んだということですか？」

「ではないかとは、思っています」

「よかった。僕は、そんな金は持っていませんからね。事件の直後に、向うの警察が、所持品検査をしているから、聞いて下さい」

「それは、わかっています」

と、亀井は、笑ってから、

「これから、どうなさるんですか？」

「そうですね。新橋のフローラ・東京へ行ってみようかと思っていたんですが」

「行っても、無駄ですよ。社長が殺されたので、店を閉めてしまっています」

「二十人いたコンパニオンは、どうしているんですか？」

「なぜ、そんなことに、興味を持つんですか？」

「殺された永井みゆきのことを、聞きたいんですよ。こうみえても、僕は、しつこいんですよ。自分を罠にはめた奴を、見つけたいんです。いや、見つけてやりたいんです」

「それは、危険かも知れませんよ」

と、亀井は、いった。

「どうして、危険なんですか？」

「当然でしょう。真犯人がいて、それが、バレそうになったら、あなたも、殺すかも知れない。真犯人がいたらですがね」

そのいい方に、引っかかって、木下は、険しい表情になった。

「まるで、僕が、犯人みたいないい方じゃありませんか。僕は、犯人じゃないから、釈放されたんですよ」

「われわれは、そうは、聞いていませんがね」

と、亀井が、いう。

「どういうことですか？」

ますます、木下は、腹が立ってきた。

「向うの警察の話では、状況証拠は、完全にクロだが、決め手になる証拠がないので、釈放することにしたということでしたがね」

亀井は、冷酷ないい方をする。

「そんなことを、いってるんですか」

「そうですよ」

「じゃあ、ますます、僕が、真犯人を、見つけなきゃならないじゃありませんか」

と、木下は、いった。

3

自宅マンションに帰ったが、木下の怒りは、なかなか、おさまらなかった。

(これが、冷酷な現実というやつか)

とも、思った。

四国で、釈放されたのは、シロだと、わかったからではないのだ。

まだ、木下は、容疑者なのだ。

冷蔵庫を開け、缶ビールを取り出すと、一本、二本と呑《の》んでいった。

酔っ払って、ベッドに倒れ込んだ。悪酔いだった。

翌朝、電話のベルで、眼がさめた。

手を伸して、受話器をつかむ。

「もし、もし」

と、いったが、返事がない。癪《しゃく》に障って、がちゃんと、電話を切り、ベッドから、起きあがった。時計を見ると、昼近い。

バスルームへ行き、水を出しっ放しにして、顔を洗っていると、また、電話が鳴った。

タオルで、顔を拭《ふ》きながら、受話器を取る。

「もし、もし」

「――――」

「おい！　誰なんだ！」

それで、電話が、切れた。誰かが、電話の向うで、木下の様子を、うかがっているのだ。

また、電話が、鳴る。

「もし、もし」

また、応答がなく、切れた。

次には、電話が鳴っても、出なかった。じっと、鳴りつづけている電話を見つめた。

相手は、サンライズエクスプレスで、木下を罠にはめた奴と、同じ人間だろうか？

クラブのホステスは、木下が欺した女の復讐じゃないかみたいないい方をした。あの時は、冗談じゃないと思ったのだが、執拗《しつよう》に鳴り続けている電話のベルを聞いていると、ひょっとすると、ホステスの言葉は、当っているかも知れないと思ったりする。

（おれは、女にだらしがない）

と、自分でも思う。

結婚を迫られたこともある。が、その気になれなかった。束縛されるのが、嫌だったからだ。

（あの女は、どうしたろう？）

今まで、考えなかったことを、考える。女の名前を思い出した。確か、林ゆかりというOLだった。結婚してくれなければ、自殺しかねない感じだったが、けろりとして、見合いの相手と、結婚したのではなかったか。

年上の女と、修羅場を演じたこともあった。酔った女が、果物ナイフで、切りつけてきたのだ。彼女は、自分で、自分の手を切ってしまい、救急車を呼ぶことになった。流れた血の赤さと、救急車のサイレンは、今でも覚えている。彼女がどうなったかはわからないが、あの事件のあと、自然に、遠ざかって行ったのである。

電話はいったん切れたが、また、鳴り出した。

木下は、外出の支度をして、マンションを出た。何か気晴らしをしたくなった。昼間から酒を呑むわけにもいかない。

今日が、土曜日だったのを思い出し、車を運転して、府中競馬場に出かけた。馬券を買って、自分の運を試したくなったのだ。

第九レースに間に合った。

競馬新聞も、スポーツ新聞も見ていなかったが、自分の年齢三十二歳に合わせて、3－2（2－3）で、五千円、買うことにした。

もし、これで勝ったら、運が、強いのだ。観客席に落ち着いて、何となく、周囲を見廻したとき、木下の眼が、一瞬、凍りついた。

（あの女だ！）

彼女が、上の方の観客席にいたのだ。間違いなく、あの女だ。見違える筈がない。

次の瞬間、第九レースが発走し、観客席は、大歓声に包まれた。立ち上って、飛びあがる観客もいて、彼女の顔は、たちまち見えなくなってしまった。

全員の眼が、コースに注がれている。その中で、木下だけが反対方向を見ていた。

十二頭の出走馬は、三頭をのぞいて、あとは、一団となり、ゴールに向って、なだれ込んでくる。

歓声は、一層大きくなり、観客は、飛び上って、勝負を見極めようとする。

ゴール。

歓声と、吐息が、交錯し、人々は、一斉に、腰を下した。

木下は、眼をこらす。

（いない！）

と、思った。彼女の姿が、消えてしまっているのだ。

木下は、馬券が当ったかどうかは、どうでも良くなっていた。

彼は、観客席を、上に向って、駈《か》け上って行った。

やはり、いない。消えてしまったのだ。

次のレースの馬券を買うために、人々が、どっと動き始めた。

木下は、その流れに逆らうように、その場に立ちつくしていた。

彼女は、何処へ消えたのか。ここへ戻ってくるのか。迷いながら、しばらく、そこにいたが、次のレースが、始まっても、彼女は、戻って来なかった。

(逃げたのだろうか?)

だが、彼女が、木下に気付いたとは、思えなかった。

最後のレースまで、木下は、近くを、うろうろしていたが、最後まで、彼女は、戻って来なかった。

木下は、吐き出されるように、競馬場を出た。

近くの有料駐車場にとめておいた車に戻った。

運転席に座る。その時になって、第九レースで買った馬券を、見もせずに、ポケットに押し込んでいたのを思い出した。

第九レースの結果が、自分の買った2-3だったかどうかも、覚えていなかった。とにかく、あの女を見つけたことで、全てを忘れてしまっていたのだ。

少し冷静になってくると、本当に、あの女だったのかどうか、急に、自信がなくなってきた。
似た女を見たのかも知れないではないか。
（いや、違う。あの女だ）
と、木下は、自分にいい聞かせた。自分の直感を信じたかった。
カメラマンとしての自分の眼を信じたい。人の顔を覚えるのは、他の人間より
秀《す》れている筈なのだ。
（あれは、間違いなく、あの女だ）
とにかく、あの女は、生きて、東京にいたのだ。
つかまえて、警察に連れて行けば、警察は、その時こそ、本当に、おれの無実
を信じてくれるだろう。
もちろん、それだけでは、すっきりとはしない。あの女に、なぜ、おれを欺し
たか、永井みゆきを殺したのは、誰なのか、吐かせてやりたい。
木下は、煙草をくわえて、火をつけた。
（あの女も、競馬が好きなのだろうか？）
それとも、誰かに誘われて、やって来たのだろうか。

彼女の傍《そば》に、連れらしい人間がいただろうか。
思い出そうとしたが、あの瞬間、彼女しか見ていなかったのだ。
煙草を消すと、木下は、車をスタートさせた。
ラジオのスイッチを入れる。
競馬の結果を、放送している。車を走らせながらそれを聞く。
府中の第九レースは、2－3で、六八〇円。
(おれも、少しは、ついているんだ)
と、木下は思った。
翌日の日曜日も、木下は、府中競馬場へ、出かけた。
昨日の勝ち馬券を現金にかえ、毎レース、少しずつ、買っていった。
今日は、レースを当てるのが、目的ではなく、彼女を見つけるのが、目的だった。
おかしなもので、勝とう勝とうと思わずに冷静に買っているので、よく的中するのだ。
昼すぎになって、食堂に行き、木下は、少し遅い昼食を、とった。

（彼女は、現われるだろうか？）

と、考えながら、食事をしていると、奇跡のように、彼女が現われたのだ。

三十歳くらいの若い男と一緒だった。

二人で、食堂に入って来たところだった。木下は反射的に立ち上り、彼女の傍に駈け寄って行った。

いきなり腕をつかんで、

「見つけたぞ！」

と、叫んだ。

「何するの！」

彼女も、叫ぶ。

「やっと見つけたといってるんだ」

「痛いじゃないの。放して下さい！」

「警察へ行こう！」

「手を放せ！　バカヤロウ」

と、彼女の連れの男が、怒鳴った。

「君は、関係ない。彼女に、用があるんだ」

木下が、いったとき、いきなり、男の右の拳《こぶし》が、飛んできた。

鮮やかなストレートだった。

木下の身体が、吹っ飛び、食堂の床に、叩きつけられた。

普通なら、そのまま、起き上る力もなくなるところだが、木下も、必死だった。

「待て！」

と、男の足にしがみついた。

その間に、彼女は、逃げ出していた。男が、木下を、蹴った。二度、三度。

それでも、木下は、つかんだ男の片足を、放さなかった。

食堂の人間が、電話したのか、二人の警備員が、駈けつけた。その二人に向って、

「こいつが、僕の金を奪《と》ったんだ」

と、嘘《うそ》をついた。とにかく、この男を、捕えておきたかったのだ。

「嘘だ！」

男が、怒鳴る。

「嘘じゃない！　こいつが、僕の金を奪《と》ったんだ。調べてくれ！」

　木下が、負けずに、怒鳴る。

　二人の警備員は、迷っているようだったが、

「とにかく、われわれの詰所へ来て下さい。そこで、詳しい話を聞きます」

「行こう、行こう」

　と、木下は、立ち上って、いった。

　男も、仕方なく、警備員について、場内の警備員詰所まで、歩いて行った。

　詰所に入ると、木下は、自分から、運転免許証を警備員に見せた。

「この男の身元も、調べて下さい」

「そうですね。君も、名前をいって下さい」

　と、警備員は、男に、声をかけた。

「小松勇」

　男は、ぶっきらぼうに、いった。

「それを証明するものを見せて下さい」

　警備員が、いう。男は、面倒くさそうに、免許証をポケットから出して、机に

投げ出した。

木下も、それを、のぞき込んだ。確かに、小松勇の名前と、練馬区石神井《しやくじい》のマンションの住所が、書かれていた。

警備員は、今度は、木下に向って、

「いくら、奪《と》られたんですか？」

「二万三千円です」

「君、所持品を全て出して」

と、警備員が、小松という男に、命令した。

小松は、背広のポケットから、財布や、小銭を出して、

「これは、おれの金だ。奴の金なんか、奪ってはいない」

「弱ったな」

と、警備員は、呟《つぶや》き、上司の指示を仰ぐつもりか、奥へ入って行った。

その隙に、木下は、小松に近寄って、

「あの女の名前と、住所を教えてくれ」

「勝手なことをいうな！」

「教えてくれなければ、あくまで、君が二万三千円を奪ったと、話を続けてやるぞ。告訴して、裁判に、君を引きずり出してやる」

「いいかげんなことをいうな！」

「こっちは、必死なんだ」

警備員が戻って来た。それを見て、小松という男は、

「忙しいんですよ。だから、この男のいうように、二万三千円払います。だから、帰して下さい」

と、警備員に、いい、ポケットから財布を取り出すと、面倒くさそうに、一万円札二枚と千円札三枚を抜いて、放り投げるように、木下の前に置いた。

警備員は、眉《まゆ》を寄せて、

「じゃあ、あなたは、この人から、二万三千円奪ったと認めるんですか？」

「違うよ。だが、忙しくて、そんな男に、つき合っていられないんだ。だから、ひとまず、いう通り、二万三千円払っておくだけですよ」

小松は、怒鳴るように、いった。

4

木下は、彼女を見つけることを、諦《あきら》めなかった。

何としてでも、見つけてやる。その手掛りも、つかんだのだ。

それが、小松勇だ。

彼の運転免許証は見ている。住所も、きっちり暗記した。練馬区石神井のマンション。

次の日、木下は、地図を片手に、石神井に向った。今日こそ、小松をつかまえて、あの女の住所を聞き出さなければならない。もし、小松のマンションに、彼女がいたら、写真に撮ってやろうと、カメラも、持参した。

車で、二、三回、往復している中《うち》に、目的のマンションを見つけ出した。この306号室が、小松勇の部屋の筈だった。

車から降りて、木下が、三階あたりを見上げた時、ふいに、その部屋の窓から、白い煙が、吹き出した。それが、たちまち、赤い炎に変っていく。

木下は、呆然として、見上げていた。

（火事だ！）

と思ったが、一瞬、どうしていいかわからずに、立ちすくんでしまった。

炎は、どんどん、大きくなっていく。黒煙が、立ちこめて、三階のベランダを、覆いかくす。

マンションから、五、六人の人たちが、ばらばらと、飛び出してきた。

「火事だ！」

と、誰かが叫んでいる。

炎は、両隣りの部屋にも広がっていく。ばりばりと、ガラスの割れる音がする。けたたましいサイレンの音が聞こえて、消防車が、一台二台と、駈けつけてきて、すぐ、放水が開始された。

木下は、ただ、遠くから、それを見守るより仕方がなかった。

放水が始まっても、なかなか、火勢は、小さくならない。防火服を着た消防士が、二名、三名と、ハシゴで、三階にあがっていく。

ベランダにあがると、各部屋の窓ガラスを叩き割って、くすぶっている部屋の中に、放水した。

(なかなか、消えないものだな)

と、木下は、変なことに、感心した。

昼間なので、マンション内に残っていた人は少かったらしい。必死の人命救助といった光景は、見られない中に、火勢は、衰えていった。

木下は、職業意識が働いて、消火活動を、写真に撮っていたが、消防士の一人に、

「火元は、三階の何号室ですか？」

と、きいてみた。

「306号室らしい。あんた、報道の人？」

「そんなところです」

木下は、なぜか、「やっぱり」と思った。

三階から、火が出た瞬間、なぜか、火元は、306号室のような気がしたのだ。

パトカーも、駈けつけた。

木下は、自分の車に戻り、車の中から、実況検分の様子を眺めていた。

警察官と、消防士が、三階にあがっていく。306号室で、何を調べているのか、木下の車の中からでは、よくわからない。

また、車からおりて、マンションに、近寄っていった。入口あたりで、五、六人が、声だかに、立話をしている。マンションの住人たちらしい。

「放火らしいんですって？」

「306号室の男の人が、死んだみたいだ」

「小松さんて人？」

「放火じゃなくて、自殺だって噂よ」

「部屋に、灯油をまいて、自分で火をつけたんじゃないかって、話だよ」

「どうして、そんなことを？」

「借金が返せなくなったって噂を聞いたわ」

そんな無責任な会話が、聞こえてくる。

木下は、思わず、その輪の中に飛び込んで、

「306号室の人が、死んだっていうのは、本当なんですか？」

「本当らしいですよ」

と、一人が答えた時、中から出て来た警察官が、

「ちょっと君」

と、木下に、声をかけた。

「何です？」

「君は、このマンションの人じゃないのか」

「違いますよ」

「じゃあ、どうして、306号室の人が、死んだかどうか気にしているんだ？」

「本当に、死んだんですか？」

「そうだ。君の名前は？」

と、きかれた。

木下は、黙って、運転免許証を見せた。

「木下さんか」

「そうですよ。それより、306号室の人が、どうして死んだか、教えて下さい」

「話すから、一緒に来て貰《もら》えませんか」

警官は、改まった口調で、いった。

「どうしてですか？」

「いいから、一緒に来て下さい。いろいろと、お聞きしたいことがあるのです」

と、警官は、いい、強引に、パトカーに乗せられ、石神井警察署に、連れて行かれた。

そのまま、しばらく待たされたが、

「また、あなたか」

という声で、顔をあげた。前に会った亀井という刑事が、彼を見ていた。

木下は、取調室へ案内された。

木下が、煙草をくわえると、亀井は、百円ライターで、火をつけてくれてから、

「木下さんでしたね？」

「そうですよ」

「なぜ、あそこにいたんですか？」

「それより、彼は、どうして、死んだんですか？」

「306号室の小松勇さんのことですか？」

「そうです。自殺ですか、それとも、放火されたんですか？」

「今のところ、どちらともいえません。しかし、どうも、放火の線が、濃いと思っていますよ」

「じゃあ、小松勇は、殺されたと？」

「放火なら、そうなってきますね。ところで、私の質問に答えていませんがね」

「彼に、会いに行ったんです」

「何のために？」

「あの女と、会ったんですよ。彼女に会ったんです」

「彼女？」

「サンライズエクスプレスで、僕を罠にかけた女ですよ。似顔絵を見せたじゃありませんか」

「じゃあ、あなたは、嘘はついていなかったということですか？」

「決ってるでしょう。昨日、府中競馬場で、彼女を見つけたんです。彼女は、男と一緒でした」

「それが、３０６号室の小松勇ということですか？」

「そうです。女には、逃げられたけど、男の名前と住所は、しっかり覚えたから、今日、会いに行ったんです。何とか彼女のことを、教えて貰おうと思ってね。そしたら、あの火事です」

「そのカメラは？」

「もちろん、彼女がいたら、写真を撮ろうと思ったんです。僕の無実が、証明できますからね」

「なるほどね」

「僕の話を、信じてくれないんですか？」

「何しろ、あなたのいう女の写真がないし、実在が、証明されていませんからね」

「それなら、小松勇のことを、調べてみて下さいよ。そうすれば、自然に、彼女が、見つかると思いますよ」

「つまり、小松勇の恋人か、何かだということですか？」

「とにかく、小松のことを、調べて下さいよ」

「それは、もちろん調べますよ。殺人、放火の可能性もありますからね」

と、亀井は、いった。

「お願いしますよ。僕の名誉がかかっているんだ」

「わかりました。何かわかったら、連絡しましょう。もう、お帰りになって、結構です」

「あのマンションまで、送って下さいよ。あそこに、僕の車が、置きっ放しなんだ」

5

焼死した小松勇の死体は、司法解剖に廻された。

306号室には、灯油の匂いが強烈に漂っていた。他殺にしろ、焼身自殺にしろ、部屋に、灯油がまかれたことは、間違いなかった。

亀井の報告を受けて、十津川警部は、焼死した小松勇の経歴を調べることにした。

「ところで、カメさんは、どう思うんだ?」

と、十津川は、きいた。

「木下の話のことですか？」

「そうだ。木下は、自分を罠にはめた女を、とうとう、見つけたといっているんだろう。その言葉をカメさんは、信じているのか？」

「正直にいって、半信半疑です。今のところ、見たといっているのは、木下だけだし、写真一枚ないんです」

「だが、信じている部分もあるんだろう？」

「サンライズエクスプレスの車内で、永井みゆきという女性が殺されたという事実はあります。そして、今回、小松勇という男が死にました。木下の周辺で、続いて、二人の人間が、死んでいることは、まぎれもない事実です。それは、無視できませんし、木下の言葉で、一応、説明がつくことも、事実なのです」

と、亀井は、いった。

小松勇の司法解剖の結果が、報告されてきた。

十津川が、一番、関心があるのは、小松が生きている間に、火災になったか、死後かということである。

解剖の結果、小松の肺の中には、小量の煤《すす》しか、検出されなかったと、あった。明らかに、死後に、火災になったことを、示していた。

更に、のどに、ロープで、絞めた痕《あと》も見つかったと、報告書には、あった。明らかに、他殺なのだ。

何者かが、ロープで、首を絞めて小松勇を殺し、そのあと、室内に、灯油をまいたのだ。

時限発火装置をほどこして、犯人は、逃げ、そのあと、部屋が、火に包まれたということだろう。

時限発火装置は、そんなに難しいものだったとは、思われない。多分、ロウソクを使い、その長さで時間を調整するようなものだったと、十津川は、想像した。

殺人事件と、決ったことで、捜査は、加速された。

刑事たちは、被害者としての小松勇について調べることになり、聞き込みに、走り廻った。

小松勇とは、いったい、何者なのか？

年齢は、三十二歳。

福島県会津若松市の生れだが、高校を卒業して、上京したあと、ほとんど、家に、帰ってはいない。

Ｎ大英文科を卒業したあと、都内の会社に就職し、六年間勤めたが、上司とケンカをして、辞職。その後、警備会社で、働くことになった。二十九歳で、結婚したが、二年で、離婚。同時に、警備会社も辞め、一年半前から、自宅マンションに、私立探偵の看板をかかげた。

これが、小松勇の簡単な経歴である。

「あまり、お客は、来ていなかったみたいですよ」

と、マンションの管理人は、いった。

日本で、私立探偵をやるについて、別に、免許は、必要ないから、誰でも、始められる。ただ、この仕事は、客の信頼がなければ、客も来ない。

従って、個人で始めて、客が来なかったというのも、肯けるのだ。

「小松は、瘦《や》せていましたが、大学時代、空手をやっていたそうで、二段です」

と、西本が、報告した。

「それで、警備会社で、働いていたのか」

「私立探偵を始めてからも、業務内容に、ボディガードを入れていました」

「それかな」

と、十津川は、いった。

「と、いいますと？」

「女と一緒にいたと、木下は、いっている。もし、それが、事実となると、小松は、女のボディガードをやっていたということも、考えられるということだよ」

と、十津川は、いった。

それも、秘密を要することだったら、大きな探偵社より、個人的な、小松のような私立探偵に、頼むのではないか。

刑事たちは、石神井周辺の銀行を、一店ずつ、廻ってみた。

小松の部屋が、完全に焼けてしまって、預金通帳も、キャッシュカードも、見つからなかったからである。

刑事たちの聞き込みで、M銀行石神井支店に、小松が、口座を持っていることが、わかった。

その普通預金口座は、一年半前に、開かれていた。

小松が、ここで、私立探偵を始めたのが、一年半前だから、その時に、口座を作ったことになる。

一万円を預けて、口座を作ったのだが、それから、六カ月、ほとんど、振り込みが、なかった。多分、客がなかったのだろう。

六カ月たった去年の十月二十日に、突然、五十万円が、振り込まれている。

その後、毎月二十日に、五十万円が、続いて振り込まれ、現在、六百万円になっていた。

不思議なのは、その間、一度も、引き出されていないのだ。

「この五十万円は、何処から、誰が、振り込んできているんですか？」

と、日下刑事がきくと、石神井支店の支店長付の行員が、

「それは、ご本人が、現金を持って来て、毎月入金なすっているんです」

と、いう。

「急に、入金することについて、小松さんは、何かいっていましたか？」

「やっと、仕事が、軌道にのったと、喜んでいらっしゃいました」

「一度も、引き出していませんね」

「はい」

「そのことについては？」

「余裕があって、毎月、五十万円ずつ、預金なさっているんだと、思っておりましたが」

と、行員は、いった。そう考えるのが、自然だろう。

その報告を受けて、十津川は、

「毎月の収入が、百万くらいあって、その中から、五十万ずつ、預金していたんだろう」

と、いった。

その間に、小松は、車も買っていたからである。白のカローラの新車である。

「私も、そう思いますが、私立探偵を始めて、半年間、収入がなかったのに、突然、毎月、定期的に、決った収入があるようになったというのは、おかしくはありませんか？　私立探偵の仕事というのは、不安定なものだと思いますから」

と、日下は、いった。

「多分、スポンサーがついたんだろ」

十津川が、いう。

「そのスポンサーが、女のボディガードを頼んだということですか?」

「それも、あるだろうが、他の仕事も、小松に頼んでいたかも知れないな」

「どんな仕事ですか?」

「小松は、殺された。恐らく、口封じ、だろう。と、いうことは、まともな仕事を、頼まれていたとは、考えにくいよ」

「若い女性のボディガードなら、まともな仕事だと思いますが」

「だから、他のダーティな仕事もと、いっているんだ」

と、十津川は、いった。

木下の描いた女の似顔絵を持って、聞き込みに廻った刑事もいた。

木下の話が、事実なら、小松は、この女と一緒に、府中競馬場へ二回も行っているのだ。

二人を見かけた人間が、他にもいるのではないかと考えての聞き込みだった。

小松のいたマンションで、管理人や、他の住人に、当ってみた。

管理人は、似顔絵を見たあと、

「こういう女性が、うちのマンションに来たことは、ありませんよ」

と、いった。

他の住人も、マンションで、見かけたことはないと、証言した。

その聞き込みを終った三田村と、北条早苗の二人は、捜査本部に戻って、

「木下は、嘘をついているんじゃありませんか」

と、十津川に、いった。

「マンションで、似顔絵の女を見かけなかったからか？」

「そうです」

「しかし、女を、絶対に、自宅には、来させなかったということかも知れないじゃないか。仕事とプライベイトと、厳格に分けていたということになる」

と、十津川は、いってから、

「小松の女性関係を、調べてみてくれ」

と、いった。

小松勇は、三十二歳の男盛りである。他に女性関係が、あれば、似顔絵の女は仕事上のつき合いしかなかったことになる。

三田村と、北条早苗は、もう一度、小松の身辺調査に走り、その結果を、十津川に、報告した。

「恋人といったものはありませんが、時々、新宿に飲みに行き、その店のホステスと、仲良くなっていたことが、わかりました。新宿のRのホステスの、みどりとは、特に仲が良かったようで、彼女も、何回か、つき合ったことは、認めています」

と、三田村は、いった。

更に、早苗が、

「石神井駅の近くのラーメン店に、よく、小松は食事に行っていたようで、その店の鈴木よしみという二十五歳の女店員とも、仲良くなっていました。マンションにも、何回か、遊びに来ていたことは、彼女自身が、認めていますわ」

「その女性たちは、小松のことを、どういってるんだ？」

十津川は、三田村と、早苗の二人に、きいた。

「ホステスのみどりは、小松が、優しかったと、いっています。金離れも良かったともいっていますが、怒ると、怖かったそうです」

三田村が、いい、早苗が、それに同調するように、

「鈴木よしみも、同じことを、いっていましたわ。いつもは、優しいが、怒ると怖いところがあって、どうしても、警戒してしまうことがあったそうです」

「怒ると、どんな風に、怖いんだ？」

十津川が、更に、きいた。

「これは、みどりの話ですが、彼女の店に、小松が、飲みに来ているときだったそうですが、客の中に、酔って、絡むのがいて、他の客は、見て見ぬふりをしていたのですが、小松が、突然、立ちあがり、その客を店の外に連れ出して、めちゃめちゃに、やっつけてしまったそうです。相手は、血だらけになって、死んだんじゃないかと思ったと、いっています」

「なるほどね。優しいが、怒ると怖いか」

「その時、いつも優しいのに、すごく、冷たい眼をしていたので、ぞっとしたとも、みどりは、いっています」

「面白いな」

と、十津川は、いった。

何者かが、毎月、小松に、高い金を払っていた。その人間は小松のそんな冷酷さを、買っていたのではないのか。

そんな小松が、首を絞められて、殺されてしまった。そのことにも、十津川は、興味を感じた。

同業の私立探偵に、聞き込みに廻った刑事たちもいた。

田中と、片山の二人の刑事が、帰って来て、十津川に、報告した。

「同じ警備会社で働いていて、小松と同じく、私立探偵を開業した桜井という男がいます。この男は、大きな探偵社に、入ったんですが、その後も、小松とは、何回か、会って、飲んだりしていたそうです」

と、田中が、いった。

「ここ一年間、小松が、定期的に収入があったことについて、その男は、どう話しているんだ？」

「一言でいって、不思議だったといっています。とにかく、私立探偵を始めて半年間、小松は、ほとんど、収入がなかったわけですからね。生活のために、小松は、いろいろなアルバイトを、やっていたといいます。トラックの運転なんかも、やっていたらしいのです。桜井は、それを知っていたので、急に、小松の収入が増えたので、びっくりしたと、いっています」

「詳しいことは、その友人にも、小松は、話してなかったんだな？」

「そのようです。桜井にいわせると、そんなに急に、客が増える筈がないから、ひょっとして、小松が、危険なことをやっているのではないかと、心配していたといっています」

「危険というと、どういうことなんだ？」

十津川が、質問し、それには、片山が、

「簡単にいえば、ゆすりです。私立探偵というのは、どうしても、人の秘密を知るわけです。奥さんから、夫の素行調査を頼まれれば、夫を尾行し、浮気の証拠をつかんだりします。それを、そのまま、奥さんに報告したのでは、規定の料金しか貰えません。そこで、調査した夫の方を、ゆするわけです。奥さんには、浮気はしていないと、嘘の報告を出してやるから、何十万、何百万出せというわけです。これは、客の依頼がなくても、勝手に、他人《ひと》の秘密を調べあげて、それをタネに、ゆすってもいいわけです」

「それを、小松がやっていたと思っていたというわけか？」

「そうです」

「小松が、女のボディガードをしていたということは、どうなんだ？　桜井は、知らなかったのか？」

「知らないと、いっています。似顔絵の女も、見たことはないといっていました」

「ゆすりじゃないでしょう」

と、亀井が、十津川に、いった。

「どうして、そう思うんだ？」

十津川が、きいた。

「ゆすりなら、もっと、一度に、大金を要求するんじゃありませんか？　何百万という金をです。毎月、五十万ずつ、きちんと、預金するというのは、何か、ビジネスライクな感じがするのですよ」

と、亀井が、いった。

「それは、私も、同感だ。確かに、ビジネスという感じだ。誰かに、傭《やと》われて、毎月、月給を貰っていたという感じがして仕方がないね」

十津川も、そんないい方をした。

その人物を、Xとする。Xと、小松は、何処で、接触したのだろうか？　小松の方から、Xに近づいて行ったのか、それとも、Xの方から小松に近づいたのか？　それに、契約していたとしたら、どんな仕事で、契約していたのか？　そのXは、結局、小松を殺して、火を放ったのだ。

それは、木下が、小松のことを調べようとしたので、Xが、先手を打って、殺したことになるのだろうか？

「小松の口を封じたということになるんだろうが、Xはいったい、何を恐れていたんだろう？」

十津川は、自問する調子で、いった。

「考えられるのは、女のことですね。木下が、似顔絵に描いた女です。彼女が存在することを知られるのを恐れたということしか、考えられません」

と、亀井はいう。

「と、すると、木下の証言は、本当のことだということになってくるね」

「そうなります」

「サンライズエクスプレスにも、その女が乗っていたことになる」

「そうです」

「木下が、罠にかけられたことになるんだが、そうなると、彼も危いな」

　十津川が、眼を光らせた。

「犯人は、木下に罠をかけようとして、失敗した。ただ、彼の言葉を、警察が信用しない間は、消す必要は、感じなかったと思います。警察が、木下を疑っている間は、真犯人が、別にいるという発想はしませんから。警察が、木下の言葉を信じるようになったら当然、警察は、真犯人探しを始めます。問題の女の存在も信じて、彼女を探し始める。そうなったとき、間違いなく、木下が、狙われると、思います」

「すぐ、木下に、ガードをつけよう」

　と、十津川は、いった。

第三章　ボディガード

1

田中と、片山の二人の刑事が、木下のガードに当ることにした。

田中は、一九〇センチはある巨漢で、片山は、一六〇センチそこそこ、どちらも、同じ大学のラグビー部員だった。その頃からの凸凹《でこぼこ》コンビである。

二人で揃《そろ》って歩けば、いやでも、目立つから、十津川も、彼等に、表立って、木下をガードしろとは、指示していない。

第一、木下が、必ず、狙われるという確証があるわけではなかった。ただ、二人の男女が殺され、それに関係のある木下も、殺されるのではないかという不安がある。だから不安が、不安のままに、終ってしまうこともあるのだ。

十津川は、二人に向って、木下には、気付かれないように、ガードしろと、いってあった。これは、易《やさ》しいことではなかった。

それは、木下を狙うかも知れない人間にも、気付かれないようにということだからである。

その工夫は、田中と、片山の二人に、委《まか》されていた。

「一つ、提案がある」

と、田中は、片山に、いった。

「木下のガードについてか？」

「そうだ。おれたちが、監視、尾行したのでは、目立って仕方がない。おれたちが、ぴったり、ガードすれば、木下の安全は、確保できるだろうが、捜査は、進展しなくなる。犯人も動かなくなってしまうからだ。それで、間接ガードをやってみたいと思う」

と、田中は、いった。

「間接ガードというと、木下と、おれたちの間に、誰か入れるのか？」

「そうしたい」

「しかし、誰を入れるんだ？　警察官なら、おれたちと同じことだぞ。と、いって、民間人に、やらせて、その人間が、狙われたら、誰が、責任を、負うんだ？」

「もちろん、責任は、おれたちが負うことになる」

「第一、そんな危険なことを引き受ける人間がいるかね？」

「ひとりだけ、候補がいる。ただし、民間人だから、費用がかかる。その費用は、君とおれとで、折半だ」

「誰なんだ？」

「橋本豊」

「ああ」

と、片山も、肯《うなず》いた。

元、同僚の刑事で、今、私立探偵をやっている男だった。

彼なら、仕事は、委せられるだろう。刑事としても、優秀な男だったからである。

「しかし、十津川警部は、賛成してくれるかな？」

片山が、首をかしげる。

「警部が、賛成しても、賛成しなくても、おれは、やってみたい。おれたちの手で、何とか、犯人を見つけ出したいからだ」

と、田中は、いった。

結局、二人は、私立探偵事務所に、橋本を訪ねて行った。

田中が、仕事の説明をした。

「木下孝は、独身だから、その結婚調査ということで、彼の身辺調査をやって貰《もら》いたい。それから、素行調査で尾行も。一週間、やって欲しい」

「一週間でいいのか？」

橋本が、きく。田中は、笑って、

「それ以上だと、おれと片山の預金が続かなくなる」

「割引きしておくよ」

「ありがたいが、一週間で、何か収穫があると期待もしているんだ」

田中がいい、それに、付け加えるように、片山が、

「それだけ、危険だということでもあるんだ。それも、承知しておいて貰いたい。

小松という私立探偵が、殺されている」

「最近、同業者が、ひとり、殺されたのは、知っているよ。名前は、忘れたが」

「小松は、木下のガードをしていたのではなく、ある女のガードを頼まれていたために、消されたと思われるんだ」

田中は、今回の事件について、概略を、橋本に説明した。

「面白いな」

と、橋本は、いった。そんないい方は、私立探偵の感想というより、刑事のそれだった。

「質問をしてもいいか?」

「おれたちに、答えられることなら、OKだ。君に、危険なことを、頼むんだから」

「犯人は、なぜ、女の方を消さなかったんだろう? その方が、手っ取り早いだろうし、禍根を絶てるだろうと、思うんだがね」

「その点は、捜査本部も、疑問に、思っているんだ。誰だって、当然、抱く疑問だからな」

と、田中も、いった。

「それで、どう解釈しているんだ?」

「いくつかの解釈がある。その一つは、問題の女の地位だ。あるグループがいて、その中で、彼女は、簡単に、消せない地位にいるのではないかということ。或《あるい》いは、もっと簡単に考えて、彼女の死体が、見つかると、困る人間がいるということだって、考えられる」

「少くとも、木下のシロが、証明されてしまう」

と、片山も、いった。

「今のところ、木下は、まだ、無実が証明されていないんだ。問題の女が、実在していると、木下は、主張しているが、写真もないんだからね」

「なるほどね。だいたいの事情は、呑《の》み込めたよ。結婚調査ということで、木下という男に、くっついてみよう」

と、橋本は、いった。

「おれと、片山は、木下にくっついている君を監視する」

と、田中は、いった。

「お互いの連絡は、携帯電話を使おう。君が、木下を尾行中は、携帯のスイッチを、オンにしておいてくれ。おれたちに、聞こえるように」

片山が、具体的に、いった。

「その他、細かいことは、全て、君に委せるよ。君なら、うまくやってくれると、信頼している」

田中は、そういった。

危険については、もう、口にしなかった。橋本にも、十分に、伝わったと、思ったからである。

2

翌日、橋本は、木下のマンションに出かけた。

まず、私立探偵の名刺を見せ、木下について、聞いて廻った。管理人に聞き、同じマンションの住人に聞く。

誰もが、必ず、

「ひょっとして、結婚の調査じゃありませんか？」

と、きいた。当然の考えだった。

「そうなんですが、それは、絶対に、内密で、お願いします」

と、橋本は、釘を刺した。が、もちろん、こういえば、かえって、噂《うわさ》になることを計算してである。

こうしておいてから、橋本は、木下の尾行に入った。田中刑事との約束で、携帯電話を、彼にかけ、そのまま、オンのままで、ポケットに入れておいて、木下を尾行する。

これが、絶対的な安全装置にならないことは、橋本自身が、一番よく知っていた。

銃で狙われれば、携帯など、何の役にも立たない。犯人が、銃口を向け、引金をひけば、田中たちが駈けつける前に、橋本は、死んでしまっている筈《はず》だからだ。

仕事を引き受けて、最初の尾行が、始められた。

木下は、昼近くに起き出して、軽自動車で出かけた。望遠レンズ付きのライカを持ってである。

橋本は、張り込んでいて、尾行に移った。

まず、木下が行ったのが、練馬区石神井の小松勇のマンションだった。

火災で燃えた、小松の部屋を見ようとして、警官に、追い払われるのを、橋本は見た。

木下は、彼なりに、焼死した小松勇のことを調べようとしているのだろう。

木下は、そのあと、管理人や、住人に、小松について、話を聞き、夜になると、今度は、新宿のクラブRに出かけた。

この店のみどりというホステスを、指名した。

小松と、親しかったというホステスである。さすがに、木下は、プロのカメラマンらしく、写真のモデルになってくれと、頼み、みどりに、それを、承知させた。

翌日、みどりに、店を休ませ、木下は、彼女を、沖縄へ連れて行った。

当然、橋本も、全日空で、二人を追って沖縄に向った。宮古島だった。

宮古には、まだ、夏が、残っていた。

木下が、みどりをどう口説いたのか、わからないが、二人は、宮古島のホテルで一泊し、白い砂浜で、水着の写真を、撮り始めた。

みどりは、二十七、八歳ぐらいだろう。長身だから、ビキニが、よく似合っている。

だが、木下が、彼女の水着写真を、撮りたくて、わざわざ、宮古島までやってきたとは、思えなかった。

みどりと、親しくなって、死んだ小松のことを、話して貰おうと考えているのだろう。

宮古島には、美しいビーチが多いが、平良《ひらら》市の北にある砂山ビーチは、その中でも、もっとも美しく、よく知られたビーチである。サンゴが砕けて出来たこの白いコーラルサンドは、「南国の雪」と、形容されている。

このビーチで、木下は、写真を撮り始めた。

それを、見守りながら、橋本は、携帯をかけた。

田中と、片山の二人も、宮古島に来ている筈だった。本土を離れた沖縄、それも、更に南の宮古島となれば、より、狙われる可能性が高い。そう考えて、二人の刑事も、来ているに違いないのである。

田中が出た。

「傍《そば》にいるのか？」

と、橋本が、きいた。

「君を見ている」

田中が答える。

「近くに、怪しい人物がいるか？」

「わからないな。今、砂山ビーチには、君と、木下たちの他に、若者のカップルが二組、五人の家族連れ、それに、沖に、モーターボートが一隻出ている。怪しいと思えば、どれも怪しい」

「私立探偵の小松は、絞殺だったね？」

「絞殺されて、部屋に、放火されたんだ」

「そうなると、犯人は、まず、男だな？」

「捜査本部では、そう見ている。もちろん、複数犯の可能性もあるがね」

と、田中は、いった。

その日、木下と、女は、平良市内のDホテルに、泊った。もちろん、橋本も、同じホテルに、チェック・インする。

田中と、片山が、何処に泊ったかはわからなかったが、携帯の届く範囲であることは、間違いなかった。

ホテルDでの夕食の時、橋本は、わざと、食堂で、木下たちと、一緒になった。

木下のマンションで、結婚調査として、管理人たちと会っている。名刺も渡している。当然、木下の耳にも、入っている筈だった。

木下が、その話を、まともに受け取っているかどうかはわからない。だが、結婚調査なら、若い女と一緒に宮古島へ来ている木下のことを、調べるのが、当然なのだ。

橋本は、そう考えて、わざと、木下たちの前に、顔を見せることにしたのである。

食堂の景色を撮るふりをして、木下と、みどりのツーショットを撮る。砂山ビーチでも、橋本は、二人の写真を、何枚か撮った。

私立探偵としての仕事をしているのだが、同時に、木下たちを、何処かで、見つめているかも知れない犯人が、写真に写るのではないかという考えからだった。

みどりは、南の島へ来て、はしゃいでいるが、木下の方は、さすがに、時々、食堂の中を、見廻している。

砂山ビーチで、みどりの写真を撮っているときも同じだった。やはり、自分が、狙われることを、考えているのだろう。

夕食のあと、木下と、みどりは、部屋に、入ってしまった。

橋本は、同じ階の部屋で、午前二時頃まで、様子を見ていたが、そのあと、寝てしまった。

朝になって、ベッドから起きると、ドアの下から、白いものが、差し入れてあるのに、気がついた。

急いで、手に取った。

このホテルの封筒だった。中身は、同じく、このホテルの便箋《びんせん》一枚で、部屋に、備え付けてあるものである。

〈これ以上、つきまとったら、殺すぞ〉

たった一行、そう書いてあった。

下手くそなボールペンの字だが、それは多分、右利きの人間が、左手で書いたものだろう。

橋本は、しばらく、その文字を、眺めていた。

木下が書いたものとも思えるし、彼を消そうとしている人間が、橋本の存在が邪魔で、書いたものとも、考えられる。

（そのどちらだろうか？）

もし、後者なら、面白いと、橋本は、思った。

木下だけでなく、彼を消そうとしている人間も、昨日、この宮古島に来ていて、このホテルに泊った可能性が、出てくるからだった。

橋本は、携帯で、田中に、連絡した。

「あとで、そのホテルの宿泊者リストを入手しておくよ」

と、田中は、いった。

午前八時になって、橋本は、一階の食堂へおりて行った。

木下と、みどりは、すでに、食事を始めていた。

橋本は、バイキング形式の朝食をとりながら、木下たちの様子を窺《うかが》った。

みどりは、相変らず、楽しそうだ。

木下の表情は、よくわからなかった。

彼は、みどりから、何か情報を得ようとして、彼女を、この宮古島へ誘い出したに違いない。

田中や片山の話では、木下は、サンライズエクスプレスの車中で、自分を罠《わな》にかけた女を、必死で、探しているという。

その似顔絵のコピーも、橋本は貰っていた。

木下は、彼女のことを知っているかも知れないホステスのみどりから、何とか、情報を得ようとして、宮古島へ来たのだろうが、何か、つかんだのだろうか？

それを知りたくて、橋本は、食事をしながら、なおも、ちらちらと、木下の顔に、眼をやった。

向うも、こちらを、時々、見ている。

そのうちに、木下は、立ち上って、橋本の方へ、歩いて来た。

「あんたが、私立探偵の橋本さんか？」

と、突っ立ったまま、きく。

橋本は、改めて、相手に、自分の名刺を渡した。

「おめでたい話なので、気にしないでくれませんか」

「僕のことを調べてくれと、あなたに頼んだのは、誰なんだ？」

「それは、いえませんよ。依頼人の秘密を守るのが、われわれの義務だから」

「僕には、全く、心当りがないんだ。嘘《うそ》をついてるんじゃないのか？」

「そんなことはありません。あなたと結婚したい女性がいて、僕の事務所に頼みに来たんですよ」

「だとすると、この島でのことは、当然、依頼主に、報告するんだろう？」

「何か、まずいことでもありますか？」

「いや、別に。彼女とは、カメラマンとしての仕事で来ているんだから、何もやましいことはない。仕事なんだ」

「わかっていますよ。その通り、報告します」

「それなら、いい」

木下は、ひとりで、肯いて、自分の席に戻って行った。彼は、みどりを促して、上へあがって行った。

（まるで、儀式だったな）

と、橋本は、思った。

木下だって、橋本が、自分の結婚調査をしているなどと、単純に、信じてはいないだろう。

ただ、橋本が、どんな人間に頼まれているのかわからず、表面上は、あくまでも、結婚調査と信じているように、振舞っているに決っていた。

橋本の方も、ニセの結婚調査とわかってしまっているのを知りながら、一応、それらしく、応対した。

だから、儀式と、思ったのだ。もっと、いえば、狐と、狸の化《ばか》し合いなのである。そんな化し合いだったが、橋本は、木下と言葉を交すことで、一つだけ、わかったことがあった。

それは、ドアの隙《す》き間から入れられていた封書は、木下が、書いたものではないということだった。

木下が、あの脅迫めいた手紙を書いたものなら、食堂で、会ったとき、わざわざ、あんな話しかけ方はしないだろう。

3

木下は、チェックアウトすると、帰りは、飛行機を使わず、沖縄本島の那覇まで、船に乗ることにした。

みどりが、それを願ったのかどうかはわからなかった。宮古－東京の飛行便が、一日一往復しかないせいかも知れない。

とにかく、木下とみどりは、那覇行の船に乗り、橋本も、乗った。

田中は、乗ったが、片山は、乗らなかった。片山は、宮古に残って、ホテルDの宿泊リストを貰い、客の一人一人について、詳しく話を聞くことにしたのだろう。

宮古から、那覇まで、船で、十時間である。

船の中でも、木下は甲板にみどりを立たせて、何枚か、写真を撮っていた。それを、橋本は、他の船客を入れて、カメラにおさめた。

二人を狙う人間も、多分、同じ船に、乗っていると、思ったからである。

しかし、何事も起きないままに、船は那覇港に着き、その先は、飛行機で、東京に向った。

丸二日間の沖縄旅行だった。

帰京すると、橋本は、写した写真をすぐ、現像し、引き伸した。

この中に、木下を狙う犯人が、写っているかどうかは、わからなかったが、こうして、いけば、その中《うち》に、つかまえられるかも知れない。

帰京した翌日、木下は、今度は、石神井駅前のKというラーメン店に出かけた。

殺された小松勇が、この店の鈴木よしみという女店員と親しくしていたというから、木下は、彼女から、話を聞きたかったのだろう。

大きなチェーン店だった。鈴木よしみは、茶髪の眼の大きな女だった。

カウンター越しに、木下は、ラーメンを食べながら、鈴木よしみに、話しかけている。

それが、うまくいったのか、木下は、いったん、自宅マンションに帰ってから、夜になって、また、石神井に、出かけた。

閉店後の店から、鈴木よしみを、連れ出した。

（ホステスのみどりからは、期待するような情報を得られなかったのだろうか？）

橋本は、尾行しながら、そんなことを、考えていた。

木下が、よしみを連れて行ったのは、池袋のSホテルの中にあるバーだった。

ラーメン店で、ユニホームのハッピを着ているときのよしみと、今、派手な花柄のワンピース姿の彼女とでは、別人のように見えた。美人で、魅力のある女である。殺された小松が、ホステスのみどりの他に、よしみにも、熱をあげていたのが、わかる気がした。

ただ、橋本は、宮古島で、警告を受けているので、表立って、カメラを振り廻すわけにはいかなかったから、今回は、隠しカメラで、木下とよしみの周囲にいる人間たちを、撮ることにした。

Sホテルのバーは、ロビーの一角にあった。

バーには、木下たちの他に、カップルが一組いるだけだったが、広いロビーの方には、十五、六人の客がいた。

もし、犯人がいるとすれば、そちらの方だろう。そう考えて、橋本は隠しカメラで、ロビーの客を、撮りまくった。

この日、木下はどう口説いたのか、よしみと、ツインルームに、泊ることにな

り、橋本も、同じ階に、部屋をとった。

この時も、木下は、狙われずにすんだ。橋本が、ぴったりと、ついていること

が、成功したのだろうか。

翌日、木下は、無事に自宅マンションに帰った。

問題は、木下が、探している女の情報を、手に入れたかどうかということであ

る。もし、手に入れたのなら、早速、彼女に、会いに行くだろう。

だが、木下は、自宅マンションから、出て来なかった。

橋本は、車の中から、マンションを見張りながら、田中に携帯で連絡を取った。

「宮古でのことで、何か収穫があったか?」

「片山が、あの日、ホテルDに泊っていた客のリストを借りてきた。同日の泊り

客は、君や、木下たちを入れて、十六人だ。君に、脅迫文を送りつけたのは、あ

との十三人の中にいることになる」

「その十三人は、突き止められるのか?」

「東京や、大阪、或いは、福岡と、住所が、まちまちなので、時間がかかると、思っている」

「あとは、写真だな」

と、橋本は、いった。

「おれたちの撮ったものと君が撮った写真を、全部、現像、引き伸して、よく、調べるつもりでいるよ。宮古の写真と、Sホテルの写真の両方に写っている人間がいれば、そいつを、調べてみる必要があると思っている」

と、田中は、いった。

「それだけ熱心に、木下が、女のことを調べているというのを見ていると、彼女は実在すると見ていいんじゃないかな」

橋本は、木下を尾行してみての考えを口にした。

「香川県警も、そう考えたから、木下を、釈放したんだと思うね。ただ、前にもいったが、誰も、その女を見ていないんだ。まだ、木下の言葉と、彼の描いた絵の中にしかいない女だよ」

「十津川警部も、女は、実在すると思っているんだろう？　そうでなければ、君や、片山が、僕に、木下の尾行を、頼んだりする筈がないからな」

「確かに、その通りだが、警部は、リアリストだからね」

「彼女を、実際に見なければ、木下の言葉を信用しないということか？」

「あの人には、そういう面がある」

と、田中は、いった。

その時、橋本は、マンションから、木下が、出てくるのを見た。

「木下が、出かけるよ」

「もう午後四時だが、こんな中途半端な時間に、何処に行くんだろう？」

「とにかく、尾行する」

と、橋本は、いった。

木下は、軽自動車に乗った。橋本も、車で尾行する。田中のいう通り、中途半端な時刻だった。

ホステスのみどりを訪ねるには、早過ぎるし、ラーメン店に、よしみを訪ねても、丁度、準備中の筈である。

木下は、そのどちらにも行かなかった。彼が向ったのは、四谷三丁目だったが、途中で、彼が何処に行くのか、橋本には想像がついた。

四谷三丁目には、「日本探偵社」という、かなり大きな探偵社があったからである。

殺された小松の友人で、桜井という同業の私立探偵がいることは、田中たちに聞いていた。小松と違って、一匹狼ではなく、大きな探偵社で働いていることも聞いていた。

今日、木下は、その桜井に会いに来たに違いない。

木下は、日本探偵社に入っていくと、三十分ほどで、出て来た。

橋本は、この探偵社の社員の堀本という男と、あるパーティで会い、名刺を交換していた。それを思い出して、堀本に会った。

「今日は、お願いがある」

と、橋本は、いきなり、切り出した。

「君も、私立探偵だから、何かの調査依頼じゃないいな」

堀本が、わからないという顔になっていた。

「今、木下という男が、桜井というここの社員に、調査依頼をしたと思うんだ」

「ああ。それで？」

「依頼の内容を知りたい」

「それは、駄目だよ。依頼主の秘密を守るのは、私立探偵の義務だというのは、君だって、同業だから、知っている筈だ」

「何を依頼したかは、知ってるんだ」

「それなら――」

「ただ、自信がない。多分、ある女を探してくれといって、似顔絵を渡して行ったと思うんだが、それを、確認するだけでいいんだ。イエスかノーかをね」

と、橋本は、いった。

堀本は、ちょっと迷っていたが、桜井という調査員のところに行って、話してから、戻ってきて、

「本当に、それだけでいいのか？」

と、橋本に、念を押した。

「他には、何も要《い》らない」

「それなら、答は、イエスだ。桜井君に、女の似顔絵を渡して、この女を探して

くれと、頼んで行ったそうだ。その時、この女は、殺された小松という私立探偵の知り合いの筈だとも、いったらしい」

「やっぱりね。それで、桜井さんは、見つけられそうなのか？」

「さあね。彼自身は、名前もわからない女だから難しいみたいに、いっているよ」

と、堀本は、いった。

「ありがとう」

と、橋本は、礼を、いった。

4

車に戻ると、橋本は、携帯を、田中にかけた。

田中が、出たが、

「今、おれは、木下の尾行をしている。君に頼んだのに、どうなってるんだ？」

と、文句を、いった。

「木下が、何をしに、あの探偵社に行ったのか、聞いてきたんだ」

「桜井に会いに行ったんだろう？　殺された小松のことを聞きにだ」

「そうなんだが、木下は、相手が私立探偵なので、例の女を見つけてくれと、似顔絵を渡していったということだ」

「なるほどね。調査依頼の形にしたのか」

「仕事だから、桜井は、彼女を探す筈だよ。成功報酬を約束したと思うから、一生懸命に、探すと思うね」

「弱ったな」

「仕事をすると、桜井という私立探偵も、危くなるね」

橋本が、いった。

「あとで、会いたい」

と、田中は、いった。

その日の午後七時に、橋本は、新宿のレストランで、田中に会った。

木下は、あれから、まっすぐ、自宅マンションに帰ったと、いう。

「今、片山が、見張っている」

と、田中は、いってから、イタリア料理を、口に運んだ。

「それなら、安心だ」

橋本も、肯いてから、食事を始めた。

「木下が、桜井に会いに行ったということは、ホステスのみどりや、ラーメン店の鈴木よしみから、あの女のことを、聞くことが出来なかったということになる」

「そう考えるのが、正しいだろうね。もし、二人から、彼女のことを聞けたら、すぐ会いに行ってる筈だからね」

「君は、どう思う。桜井という探偵は、彼女を見つけ出せると思うかね？」

田中が、きいた。身体が大きいだけに、食欲も旺盛だ。

「その前に、桜井が、彼女のことを知っているかどうかも問題になる」

「知っていると思うか？」

「殺された小松は、木下の話では、彼女と一緒に競馬場にいた。ボディガードみたいなことをしていたんだろう？」

「木下は、そういっている」

「その小松と、桜井は友人だ。もう一つ、彼女は、美人で、魅力がある」

「木下は、そういっている」

「そうだとすると、殺された小松が、友人の桜井に、自慢がてら、彼女を紹介していたことも、十分に考えられるよ」

「つまり、桜井は、彼女のことを、知っているということか？」

「その可能性もあるね」

「じゃあ、今日は、そのことを、木下と話したんだろうか？」

「いや、簡単にそういってしまっては、商売にならないよ。彼女を見つけるのは、大変だから、費用が、かかりますよといってから、引き受けたと思うね。その方が、何かと、得だからな」

「君の私立探偵としての経験からか？」

「そんなところだ」

と、橋本は、笑った。

「これから、どうなると思うね？」

「あとは、桜井という男の気持次第だと思うね。あの探偵社では、探偵個人の給料は、固定給が少くて、あとは、歩合制になっている。二十パーセントの歩合だ。例えば、三十万円の結婚調査を引き受けて、結果を出せば、六万円が、探偵個人の収入になるというわけだ。人探しは、あの探偵社では、特別調査ということで、その難易度によって、値段が違う。また、人探しでは、その人間を見つけた時は、別に、成功報酬も、貰う仕組みになっていて、その値段も、五十万、百万と、いろいろなんだ。人探しそのものも、五十万、百万という値段になる。探偵個人としては、いい収入だよ」

「だから？」

「桜井が、女のことを知っていても、知らないふりをして、木下から出来るだけ、金を吸い上げようとするんじゃないか。もし、知っていれば、成功報酬を、引きあげるんじゃないかな」

と、橋本は、いった。

「もし、君のいう通りなら、桜井という探偵は、危いことになってくるな」

田中が、かたい声を出した。

「小松を殺した犯人にとって、桜井の態度は、危険に映るかも知れないな。桜井が、女のことについて、何も知らなくても、小松から、何か聞いているんじゃないかと、思うだろうからね」

「そうだよ。君のいうように、桜井が、値段を吊りあげようとして、女のことを、小松から、いろいろ聞いているみたいに振る舞えば、振る舞うほど犯人の眼に、危険な存在に、見えてくるだろうからね」

「桜井という男だが、あの探偵社で、おれは、ちらりとしか見ていないし、話も交わしていない。だが、おれには、したたかな男に見えた。インテリヤクザの典型みたいに見えたんだ」

「つまり、依頼主の木下に対して、女のことを知っているように、見せるということだな？」

「そんな気がするね。木下は、必死になっているわけだろう？」

「彼の無実を証明してくれる女だからね。女を発見できれば、今までの木下の話が、信用されるんだ。もし、桜井が、見つけてくれれば、きっと、木下は、借金してでも、金を払うと思うよ。君のいう成功報酬でも、喜んで、百万でも、二百万でも、払うんじゃないかな」

と、田中はいった。

「それなら、桜井は、女のことは、何も知らなくても、知っているように振る舞うだろうね。それが、命取りになるとは知らずにだ」

と、橋本は、いった。

5

木下が、桜井に、女を探してくれと頼んだ三日目に、橋本や田中の不安が適中してしまった。

その日、木下と桜井が、新宿の喫茶店で昼過ぎに会っている。橋本は、いつものように木下を尾行し、二人が会うのを確認した。

駅ビル最上階の喫茶店Pで会ったとき、桜井が、手ぶりを交えて、木下に、何か説明しているのを、橋本は、目撃した。

（やってるな）

と、橋本は、思った。

きっと、桜井は、間もなく、女を見つけ出せると、木下に話しているに違いない。

そうして、この調査を、相手に、高く売りつけようとしているに違いない。橋本は、そう思った。

良心的な私立探偵もいるが、悪徳探偵もいることを、橋本は、同業者として、よく知っていた。

桜井は、どうも、後者に属する私立探偵に、思えてならなかった。

木下は、桜井の言葉を信じたのか、笑顔になって、彼と別れ、その夜、行きつけのクラブに飲みに出かけた。

橋本も、もちろん、同じ店で飲んだ。

木下が、店を出たのは、午後十一時過ぎだったが、その時にはすでに、桜井は、殺されていたのである。

深夜の新宿中央公園。

ここには、新宿駅から追い出されたホームレスが、ダンボールで作った小屋で、寝泊りすることが、多くなった。

そのホームレスが、夜、何者かに狙われる日が続いて、昨夜、彼等の一人が、金属バットで殴られて死亡した。

そのため、二人の警官が、陽が落ちてから、二時間おきに中央公園を、警邏《けいら》することに決った。

この日も、午後七時から、九時、十一時と、二人の警官が、中央公園を見て廻った。

午後十一時に廻った時も、何事もなかった。

だが午前一時に廻った時、トイレの傍に倒れている男を発見した。

二人の警官が見つけたとき、すでに、その男は、事切れていた。

服装などから、ホームレスとは思えなかった。

背広姿の中年の男だった。俯伏《うつぶ》せに倒れていたのだが、後頭部に、裂傷があって、血がこびりついていた。後頭部を、何か、かたいもので、強打されたことは、明らかだった。

それも、傷口から見て、何回も、殴られたと見られた。

二人の警官は、殺人事件と見て、すぐ、新宿警察署に、連絡を取ったが、その時、男の背広から、運転免許証を発見し、そこに書かれた、桜井恵一という名前も報告した。

そのために、十津川警部と、彼の部下が、駈けつけて来た。

「この男です」

と、田中が、十津川に、いった。

「間違いないか？」

「木下が、例の女を探してくれと頼んだ私立探偵です。それに、前に殺された小松勇と、顔見知りで、小松のことで、警察に証言してくれた男でもあります」

「木下が、この男に、女を探してくれと頼んだことを、君は、知っていたのか？」

「私と片山刑事は、橋本からの報告で知っていましたが、狙われるとすれば、木下だろうと考え、彼をガードすることの方に、重点を置いていました。私と、片山刑事のミスです。お詫《わ》びします」

と、いって、田中は頭を下げた。

「犯人はこの桜井が、彼女のことを、木下に報告するのを恐れて、殺したということになるのかな？」

「そうだと思います」

「と、すると、桜井は、彼女の居場所を知っていたのか？　わかって、それを木下に知らせようとしたので殺されたのかな？」

「これは、私立探偵をやっている橋本の考えですが、桜井は、女について、何も知らなくても、木下から金を巻き上げようとして、あたかも、知っているように、振舞っていたんじゃないかと思うのです」

と、田中が、いった。

「それを、犯人は、本当に、桜井が女の居所を知っていると、勝手に考えて、殺したということかね？」

「そうじゃないかと、思っているだけですが」

「もし、そうだとしたらこの桜井は、可哀そうな男だな」

十津川は、じっと、桜井の死体を、見下していた。

桜井が、女の居所を、知っていたにしろ、いなかったにしろ、彼はもう死んでしまっているのだ。

十津川は、亀井を振り返った。

「なぜ、犯人は、木下ではなく、この桜井を殺したのだろうか？」

「そうですね。私は、こう考えたいと思います。木下は、われわれにガードされていて、殺すのが、難しい。それで、桜井を殺したのではないか。そんな風に、考えたいのですがね」

亀井は、考えながら、答える。

「確かに、カメさんのいう通りだが、もう一つ、理由があったのじゃないかな」

「どんな理由ですか？」

「警察は、少しずつ、木下の話を信じるようになってはきたが、全面的に、信用するところまでは、いっていない。何しろ、女が、まだ、見つかってはいないからだよ。写真もないんだ。それなら、木下の方は、生かしておいて、警察が、疑い続ける方が、犯人にとって、得だと考えたんじゃないかとね」

「なるほど。よく、わかります」

「これで、三人目だな、今回の一連の事件で殺されたのは」

「そうですね。三人です。事態の進展具合によっては、四人目の犠牲者が出る可能性があります」

「四人目は、誰だと思うね？」

と、十津川は、きいた。

「多分、木下でしょう。彼は、まだ、警察から、疑いの目で、見られています。犯人にとっては、プラスの存在です。しかし、女が、実在すると証明されれば、木下は、完全にシロとなり、警察は、当然、犯人は別にいると考えて、捜査を進めますからね。そうなれば、木下は、犯人にとって、目障りなだけです」

「だから、木下を殺すか？」

「そうです。今後も、木下のガードは、続けるべきだと思います」

と、亀井は、いった。

十津川は、田中と片山に眼をやって、

「今後も、橋本は、木下のガードを続けてくれそうかね？」

「頼めば、やってくれると思いますが、彼は、民間人で、私立探偵の仕事をして、報酬を貰っています」

「わかった。これまでの費用も、全て、会計に行って、請求したまえ」

「助かりました。そろそろ、橋本に支払う金が無くなりかけていたんです」

と、田中は、照れたように、笑った。

桜井の死体は、司法解剖のために、東大病院に、運ばれて行き、そのあと、十津川たちは、懐中電灯の明りを頼りに、周辺の地面を、犯人の遺留品がないか、探した。

だが、兇器を含めて、何も見つからなかった。

夜が明けてからも、同じ作業が続けられ、同時に、聞き込みも行われた。

昼すぎになって、桜井の解剖の結果が、わかった。

死亡推定時刻は、午後九時から、十時の間。

死因は、十津川の考えた通り、鈍器で、後頭部を、数回にわたって、強打されたためというものだった。

死亡推定時刻について、問題が起きた。

二人の警官は、二時間おきに、中央公園内を警邏していた。午後十一時に廻ったときには、死体は無かったからである。

「その時、間違いなく、トイレの脇も、注意深く、見廻っていますが、死体は、ありませんでした」

と、警官たちは、証言した。

とすると、午後九時から十時までという死亡推定時刻は、どういうことになるのか？

答は、一つしかなかった。

あの場所で、殺されたのではなく、別の場所で殺され、犯人は、死体となった桜井を、あの場所に運んで来て、捨てたのだということである。

問題の一日の桜井の行動が、徹底的に調査された。

探偵社で働く同僚の証言によれば、次のようになる。

午前九時に、桜井は、出社した。そのあと、上司に、依頼された女性を探しに行ってくると話して、カメラと、テープレコーダーを持って、外出した。

午後二時頃、出先から、上司に電話してきた。

「引き続き、女の居所を探します。依頼主の木下さんから、電話があったら、有力な手掛りをつかんだので、間もなく、見つかる筈ですと伝えておいて下さい」

と、桜井は、いった。

夕方になって、依頼主の木下から、問い合せの電話が入った。その時、桜井が、席にいなかったので、彼女がいった通りに、間もなく、彼女が見つかる筈だと、返事をした。

「木下さんは、喜んでいましたよ」

と、桜井の上司は、十津川の質問に、答えた。

「桜井さんは、本当に、依頼されていた女性を、見つけかけていたと思いますか？」

と、十津川は、きいてみた。

「私は、うちの探偵の言葉を信じていますよ。桜井君は、優秀な探偵だから、間違いなく、見つける寸前だったと思っています」

「桜井さんは、昨日、調査に出かけて、そのまま、社には、戻って来なかったわけですね？」

「ええ。探偵には、決った勤務時間というものはありませんから、別に、おかしいとも、思っていませんでした」

「社を出る時、会社のカメラと、テープレコーダーを、持って行ったんでしたね？」

「そうです」

「彼のマンションを探したところ、どちらも、見つからないのですがね」

「おかしいですね。間違いなく、その二つは、持って、出かけているんです」

「他に、探偵が、調査の時、持っていくものは、ありませんか？」

と、亀井が、きいた。

「そうですね。連絡用に、自分の携帯電話は、必ず持っています」

「それもありませんでした。死体の傍にも、彼のマンションにもです」

「桜井君を殺した人間が、三つとも、奪っていったということですか？」

「そうなって来ますね」

「桜井君は、女性探しを頼まれたために、殺されたと、警察は、考えているんですか？」

「今のところ、他に考えようがないと、思っています」

と、十津川は、いった。

「桜井君が探していた女性は、そんなに、危険な人間なんですか？」

上司が、また、きく。

「そう考えざるを得ませんね」

「なぜ、危険なんですか？」

「われわれも、それを知りたいと、思っているんです」

と、十津川は、いった。正直な気持だった。

「桜井さんは、どんな調査方法を、とっていたんですかね？　彼が、ここのところ、誰に会っていたか、記録は、ありませんか？」

亀井が、きいた。

「残念ながら、ありません。女性を見つけ出せば、調査報告書を作って、客に渡しますから、わかるんですが、それまでは、探偵個人の考えで動きますからね」

上司は、探偵は、全員、手帳を持っていて、それに、自分の行動を、書きつけていると、いった。

「それも、見つかっていません」

と、十津川は、いった。

桜井を殺した犯人が、全てを、持ち去ったに違いない。カメラも、テープレコーダーも、手帳も、携帯電話も。もちろん、桜井を殺した兇器も、犯人は、持ち去ったのだ。

だが、桜井は、何処で、殺されたのだろうか？

多分、桜井は、カメラ、テープレコーダー、それに携帯電話を持って、出かけた。

それは、犯人に会うためだったかも知れないし、犯人が、彼を尾行していたのかも知れない。

「犯人が、桜井に電話したことも、考えられるんじゃありませんか？」

と、亀井が、いった。

「なぜ、犯人が？」

「桜井は、木下に頼まれて、女を探していたんです。おまけに、間もなく、女が見つかるようなことを、木下に、いっていたんです。それが、嘘か本当かは、わかりませんが、犯人にしてみれば、脅威を感じていたと思います。それで、桜井の口を封じなければならないと考えて、彼に、電話したんです。彼女の居所を知っている者だが、会わないかとですよ。桜井は、すぐ、カメラやテープレコーダーなどを持って会いに出かけたということです」

「それなら、犯人が、桜井に電話したことも、あり得るな」

と、十津川は、肯いた。

「きっと、犯人は、自分に都合のいい場所に、桜井を呼び出したと思います」

「彼を殺すのに、便利な場所か」

「そうです。犯人は、そこで、桜井を殺し、死体を、中央公園に運んで、捨てたんだと思いますね」

6

刑事たちは、中央公園を根城にしているホームレスに、助力を求めた。

午後十一時に、死体は無かったのだから、そのあとから、午前一時までの間に、犯人は、死体を、トイレの傍へ運んで、捨てたことになる。

もし、目撃者がいるとすれば、中央公園に住みついているホームレス以外には、考えにくかったからである。

刑事たちは、彼等の一人、一人に、当ってみた。

最初は、彼等は、非協力的だった。彼等を追い払う時、その先頭に立つのが、警察だから、無理もなかった。

刑事たちは、根気よく、彼等を説得していった。毎日、菓子パンと牛乳を持って行った刑事もある。

その根気の良さが、ホームレスの気持を動かして、何人かが、協力的になってくれた。

ホームレスの一人、六十八歳の、「ミネさん」と呼ばれる男が、

「あの夜、仏さんが、運ばれてくるのを見たよ」

と、三田村刑事に、いった。

三田村は、興奮をおさえて、

「本当に、見たんだね？」

と、念を押した。

「間違いないよ。二人の人間が、運んで来たんだ」

「二人？」

「そうだよ。死んだ人間というのは、めっぽう重たいんだぜ。一人じゃ大変だろ

うが」

「その二人の顔を見たかね?」

と、三田村は、きいた。

「夜中だよ。顔なんか、見えやしないよ」

ミネさんは、怒ったように、いう。三田村は、少しばかり、がっかりしながら、

「じゃあ、その二人は、男か女かもわからないんだな？」

「ああ。だが、一人は男だよ。背が、一八〇センチくらいあった。足音がしなかったから、二人とも、多分、スニーカーをはいてたんだ。スニーカーで、あんなに背の高い女なんかめったにいるもんじゃない」

「他に、その二人について、覚えてることはないかね？」

「もう一人は、一六〇センチくらいだったよ。ずい分、背が違うと思ったんだ」

「その二人は、どっちから死体を運んで来たんだ？」

「通りの方からだよ。きっと、向うに、車をとめて、トイレのところまで、死体を運んで来たんだと思うよ」

「おれも見た」

と、今度は、「坂井」と、呼ばれている四十歳前後の男が、いった。

彼は、二年前まで、大会社で働いていたが、リストラで、突然、馘《くび》になってしまったのだという。

住宅ローンの支払いも出来なくなり、妻とは離婚し、中央公園のホームレスの仲間入りをしたという男である。

「あなたも、二人の人間が、死体を運んで来たというんですか？」

三田村と、コンビを組む北条早苗が、きいた。

「ああ、大きいのと小さいのが、仏さんを運んで来て、あそこに、放り出して行ったんだ」

と、坂井は、いった。

「あなたが、他に、二人について、覚えていることは？」

「小さい方が、大きなダイヤの指輪をしてたから、あれは多分、女だね」

「指輪が、見えたの？」

「きらりと、光ったんだ。あれは間違いなく、ダイヤだよ」

「二人の服装は？」

「どっちも、黒っぽい服を着ていたよ。夜だから、黒っぽく、見えたのかも知れないがね」

と、坂井は、いった。

第四章　犯行の目的

1

捜査会議が、開かれ、ここまでの過程が、総括された。

十津川が、説明した。

「ここまでくると、木下カメラマンの言葉は、信じざるを得ないと思います。彼は、サンライズエクスプレスの中で、罠《わな》にかけられ、永井みゆきというコンパニオン殺しの犯人にさせられたのです」

「犯人の目的は？」

と、三上本部長が、きく。

「三つ考えられます。一つは、永井みゆきを殺すのが目的、二つ目は、木下カメラマンを、殺人犯に仕立てること、三つ目は、その両方ということが、考えられます。今のところ、犯人の目的が、このどれかは、決められません」

「犯人像を、どう考えるね？」

「単独犯か、複数犯かによって、当然、変ってくると、思っています」

「君自身は、どっちだと思っているんだ？」

「私は、複数犯だと思っています。単独犯だとすると、この犯人は、サンライズエクスプレスの車内で、永井みゆきを殺し、東京に戻って、私立探偵を二人も殺しているのは、あまりにも、忙しすぎると思うのです。不可能ではないでしょうが、超人的に過ぎます。それで、私は、八十パーセントくらいで、複数犯だと、考えています。それも、むしろ、グループ犯ではないかと思っているのです」

十津川は、自信を持って、いった。

「複数犯と、グループ犯とは、違うのか？」

「私の頭の中では、違います」

「どんな風に、違うんだね？」

「複数犯は、何人かの人間が、力を合せて、犯行に走るわけですが、グループの場合は、リーダーがいて、それぞれ部下が、役目を持って、動く犯罪という風に、考えています」

「今回の事件が、それだというわけだな？」

「そうです」

「もう少し、具体的に、説明して欲しいね」

三上が、いった。

十津川は、黒板に書かれた三人の被害者の名前に、眼をやった。

「ここに、一人の人間がいます。そいつはかなりの権力者で、自分で、手を汚さない。ただ、計画を練り、部下に、殺人をやらせるのです。まず、サンライズエクスプレスの車内で、永井みゆきを殺させ、木下を犯人に仕立てあげました。しかし、木下が、釈放されてしまい、彼を罠にかけるのに使った女が、木下に見つかってしまいました。そこで、木下と女のつながりを断ち切るために、まず女のことを知っている二人の私立探偵を、殺したのです。これも、部下に、やらせたものだと思っています」

と思います」
「そのリーダーの名誉を守るためか、グループの名誉を守るためか、どちらかだ
「何のためにだね？」

「これから、どうなる？」

「木下を罠にかけたという女を、見つけ出します」

「しかし、まだ、実在するかどうか、わからないんだろう？」

「私は、ここまで来れば、実在すると見ていいだろうと、思っています」

「手掛りは？」

「木下の話によると、道後温泉にいた小柳ゆみではないかというのです。しかし、彼女は、去年、東京で病死しているともいわれるのです」

「お伽話《ときばなし》みたいな話だな」

「そうです。信じられない話ですが、今のところ、問題の女について、手掛りらしいものといえば、木下の目撃談と、そのお伽話だけしかないのです。それで、お伽話の方も一応、調べてみようとは、思っています」

と、十津川は、いった。

捜査会議の途中で、連絡が、入った。

桜井が殺されていた中央公園で、彼の持物と思われるカメラが、発見されたというのである。

会議は中止され、十津川たちは、現場に飛んだ。

私立探偵の七つ道具といわれるカメラ、テープレコーダーなどは、犯人に盗まれたと思われていたのだが、その中《うち》のカメラが、見つかったというのだ。

見つかったのは、ミノックスというドイツ製の小型カメラだった。桜井が、持っていたといわれるものである。

桜井の死体が、転っていたトイレの脇から、五、六メートル離れた石段のかげだった。

警官が、十津川に、そのミノックスを渡し、拾ったときの状況を説明した。

石段の途中で、キラリと光ったので、よく見ると、このカメラだったという。

その石段の下は、中央公園の外側の大通りになっていた。

犯人と思われる人影二つが、桜井の死体を担いで、この石段をあがって来て、トイレの脇に、捨てたと、ホームレスが、証言している。

その途中で、カメラは、被害者のポケットから落ちたのかも知れない。

十津川は、手の中に、すっぽり入ってしまう大きさの、銀色に光るミノックスに、眼をやった。それを、亀井が、のぞき込んだ。

「それに、もし、問題の女の顔が写っていたら、もうけものですね」

と、いった。

十津川は、すぐ、ミノックスを、調べることにした。

指紋を採取し、そのあと、フィルムを取り出して、現像に廻した。

フィルムは、ミノックス専用の二十枚撮りだった。その中、五齣《こま》に、一人の女が、写っていた。それを、引き伸して、十津川は、黒板に貼りつけた。

その写真を見ているところへ、鑑識から連絡があった。ミノックスについていた指紋は、殺された桜井のものだという連絡だった。

「木下を見つけて、連れて来てくれ」

と、十津川は、田中と片山の二人に命じた。

亀井も、十津川と、並んで、黒板に貼られた五枚の写真に、眼をやった。

「なかなか、美人ですね」

「だが、何処《どこ》の誰か、わからない」

「年齢は、二十五、六歳ですかね。私立探偵の桜井が会った中にいたことだけは、間違いありませんよ」

「まず、木下に見て貰《もら》おう。この女かどうか、聞かなきゃならん」

「木下が描いた似顔絵には、似ていると、思いますが――」

「ああ、そうなんだがね。木下が何というか」

その木下を、二時間ほどして、田中と片山の二人が連れてきた。

十津川は、彼を、黒板の前に立たせて、

「君のいう女というのは、この女か？」

「この写真は、どうやって？」

「君が、女探しを頼んだ桜井という探偵が、殺された」

「それは、知っている」

「彼が、ミノックスで撮ったフィルムに写っていたんだよ」

「あの私立探偵が、撮ったんですか」

「君が、見つけてくれと頼んだんだろう？」

「そうです」

「それで、どうなんだ？　永井みゆきという名前で、君を罠にかけた女かね？」

と、十津川は、重ねてきいた。

木下は、五枚の写真を、何度も、見直した。

「よく似ています」

「確信は？」

「無理ですよ。時間がたってしまっているし――」

「だが、よく似ているんだな？」

「ええ。顔立ちも、髪型も、服装もね。この女は、誰なんです？」

「それは、これから、調べる。桜井が、会うことの出来た女だということは、間違いないんだ。だから、最近の桜井の足どりを辿《たど》っていけば、女は、見つかると思っている」

「僕にも、手伝わせて下さい」

と、木下がいった。

「これは、われわれの仕事だよ。君の仕事じゃない」

「しかし、僕にとっては、自分の無実を証明できるチャンスなんです」

「君が、犯人だとは、もう思っていないよ」

「それでも自分で、納得したいんです」

と、木下はいった。

十津川と、亀井、それに、木下の三人は、まず、桜井が働いていた探偵事務所に行ってみたが、これだという収穫はなかった。桜井は、事務所に内緒で動いていたのだ。

そこで、三人は、今度は、桜井の自宅マンションに廻ってみた。

三鷹にあるマンションだった。２Ｋの部屋は、男のひとり暮しをそのまま示すように、乱雑だった。寝床は、敷きっ放しになっているし、キッチンには、汚れた皿が、重なっていた。

だが、三人は、そんなことは、構わず、部屋の中を探し廻った。

最初に、亀井が、メモを見つけた。

桜井の行動メモのようなものだった。

○六本木　クラブ「ドリーム・アイ」　恵子
○四谷三丁目　会計事務所　川上あき

それだけしか、メモにはなかった。

木下が、眼を光らせて、

「この二人のどちらかが、写真の女じゃありませんか」

と、いう。

「とにかく、その二人に会ってみよう」

と、十津川は、いった。

まず、四谷三丁目の会計事務所の方に、行ってみた。

雑居ビルの中にある事務所だった。川上あきという女事務員はいたが、あの写真の女ではなかった。木下の描いた似顔絵とも違っている。だから、桜井も、写真を撮らなかったのだろう。

夜になってから、六本木のクラブ「ドリーム・アイ」に廻った。

だが、肝心の恵子というホステスは、休んでいた。

十津川が、ママや、ホステスに、桜井の写真を見せた。

「これが、恵子さん？」

「ええ。でも、昨日も、今日も休んでいるのよ」

と、ママが、いう。

仕方なく、住所を聞いて、そちらへ、廻ってみることにした。

小田急線の成城学園前にあるマンションが、住所だった。そこの五階の508号室に、彼女が、住んでいる。フルネームは、小林恵子。二十六歳。

508号室をノックしたが、返事はなかった。

だが、部屋の中の明りはついている。十津川は、管理人を呼んで、ドアを開けて貰った。

木下が、真っ先に飛び込んで行ったが、すぐ「あッ」という叫び声をあげた。

リビングルームの奥が、寝室になっていて、そのベッドの上で、ネグリジェ姿の女が、倒れていたからである。

亀井が、仰向けにした。

写真の女だった。女は、ぴくりとも動かない。亀井が、手首に触れてから、十

津川に、

「死んでいます」

「甘い匂いがするな。青酸中毒か」

十津川が、いい、亀井が、十円玉を取り出して、死体の口に入れてみた。間《ま》をおいて取り出すと、十円玉が、きれいになっている。青酸反応だった。

「間違いありませんね」

「自殺ですかね？　それとも、殺されたんですか？」

木下が、背後から、覗《のぞ》き込むようにしてきいた。

「どうかな」

十津川は、寝室の中を、見廻した。

ベッドの傍《そば》のテーブルには、ワインの瓶と、グラスが、置かれている。グラスには、飲み残しが入っている。

瓶の底に、便箋《びんせん》が折って、はさんであった。

十津川が、それを、抜き取って、広げてみた。

〈酒井久仁様
もうこれ以上、私を利用するのは、止めて下さい。
疲れました。永井みゆきさんを殺したことで、毎日うなされています。
恵子〉

ボールペンで、そう書いてあった。

「誰ですか？　この酒井久仁というのは？」

と、木下が、きく。

「誰かな？」

「永井みゆきというのは、僕が、殺したと責められた女ですよ」

木下が、息まいた。

「そうみたいだな」

と、十津川は、呟《つぶや》いた。

亀井が、鑑識を電話で、呼ぶ。十津川たちは、もう一度、室内を調べて廻った。

室内が、荒された形跡はない。銀行の預金通帳も、八十万円の現金も、見つかった。

写真や、手紙も、これというものはなかった。酒井久仁の名前が、見つからないのだ。

鑑識がやって来て、部屋の写真を撮り、死体と一緒に、ワインの瓶と、グラスを、持って行った。

「問題は、その酒井久仁という人間が、何者かということだな」

と、十津川は、死体の消えた室内を見廻しながら、いった。

「そのメモが正しければ、酒井という人間の命令で、小林恵子は、サンライズエクスプレスの車内で、永井みゆきを殺し、僕を犯人に、仕立てあげたということになってきますね」

木下が、険しい眼つきでいう。

「君は、酒井久仁という名前に、何か、心当りはないのか?」

十津川が、きいた。

「ありませんよ」

「本当に無いのか?」

「本当です」

「じゃあ、酒井久仁の目的は、永井みゆきを殺すことにあったというのかな？　君を犯人に仕立てたのは、たまたまで、他の人間でも良かったのかも知れないな」

「とにかく、この酒井という人間を見つけ出して、小林恵子に、殺しを指示したことを、証明できれば、今回の事件は、解決ですね」

と、木下が、いった。

「ああ、そう簡単にいけばいいがね」

「いきますよ。自殺した小林恵子が、遺書で、酒井に頼まれたと、いっているんですから」

「だが、酒井は、認める筈《はず》がないんだ」

「とにかく、酒井久仁を、見つけて下さい」

と、木下は、いった。

2

酒井久仁という人物が、永井みゆき殺しを、小林恵子に命じたとすれば、二人の間には、殺さなければならない理由が、あった筈である。

だから、永井みゆきの周辺を調べていけば、自然に、酒井久仁の名前が、浮んでくるに違いない。

十津川は、そう考えた。

コンパニオン会社の社長で、自らも、コンパニオンとして働いていた永井みゆき。

若い美人コンパニオンが多いので、人気があった。有力者のパーティにも出ているし、政治家と財界人の会合にも、呼ばれている。

そんな中に、彼女を死に追いやる事態があったのではないのか。

刑事たちは、永井みゆきが社長をやっていたコンパニオン会社の帳簿類を集め、それを、徹底的に調べた。その中に、酒井久仁の名前を、見つけようとしたのだ。

十津川の考えが、適中して、「酒井久仁」の名前を見つけ出した。

○酒井久仁　五十二歳。
弁護士。銀座に法律事務所。スタッフ七人。

民事裁判で、辣腕《らつわん》を振う。いくつかの企業の顧問弁護士を務める。

優秀な弁護士と評価される一方で、バブルの時代、地あげ業者の弁護を引き受け、利益をあげたり、最近は、大手のサラ金会社の顧問弁護士にもなっている。


「この弁護士は、永井みゆきとは、どんな関係なんだ？」

十津川は、酒井久仁について、調べてきた西本と、日下の二人の刑事に向って、きいた。

「まだ、はっきりしませんが、永井みゆきのコンパニオン会社の税金関係について、酒井の事務所が、毎年、相談にのっていたことは、間違いありません」

と、西本は、いった。

「酒井法律事務所みたいなところが、小さなコンパニオン会社の相談にのっているというのは、少しばかり異常だな」

「そうです。ただ、なぜ、そうなっているのか、本当の理由が、わかりません」

「二カ月前に、酒井法律事務所の、七周年記念のパーティが、帝国ホテルで開かれています。法律顧問をやっているいくつかの会社から、お偉方が出席して、盛況だったようですが、この時、客の接待には、永井みゆきのところのコンパニオンが、全員、呼ばれたそうです。もちろん、社長の永井みゆきも、出ています」

「普通は、銀座の一流クラブのホステスに、依頼するんじゃないのかね？」

「そうらしいです。ですから、よほど、酒井法律事務所と、永井みゆきのコンパニオン会社とは、強いつながりがあるのだろうという噂《うわさ》です」

と、日下が、いった。

「その関係を知りたいもんだな」

亀井が、いった。

「しかし、相手は弁護士ですからねえ」

と、西本が、眉《まゆ》をひそめて見せた。

「なかなか、尻《し》っ尾《ぽ》を出さないか？」

「普通の人間を相手にするより、厄介なことは、確かです。下手に突っつくと、逆に、告訴されますからね」

と、西本が、いう。

「だが、永井みゆきは、殺されたんだ。それに、小林恵子もだよ。その二つの殺人に、何らかの関係があるとすれば、遠慮する必要はない。よし、私が、会って来よう」

十津川は、腰をあげ、亀井と二人、銀座にある酒井法律事務所に、出かけることにした。

銀座と、新橋の間に建つビルの中に、事務所は、あった。

ドアには、「酒井法律事務所」の金文字の看板がかかっていて、内部は、活気に満ちていた。

十津川が、警察手帳を示すと、少し待たされてから、所長室に、通された。

十津川は、まず、じっと、酒井の顔を見た。自信にあふれた顔をしている。

「永井みゆきさんを、ご存知ですね？」

と、十津川は、切り出した。

「ええ。知っていますよ」

酒井は、意外に、あっさりと、認めた。

「彼女が、サンライズエクスプレスの車内で殺されたこともでしょうね？」

「ええ。びっくりしました。故郷《くに》へ帰ってくるということは、聞いていましたが、まさか、殺されるなんてね」

「永井みゆきさんとは、どんな関係ですか？」

「仕事上のつき合いです。彼女のコンパニオン会社の経理を、うちの事務所がみていたし、何かパーティのある時は、頼みましたから」

「それだけですか？」

「それだけです」

「小林恵子という女性は、知っていますか？」

「小林恵子？　何者です？」

「六本木のクラブ『ドリーム・アイ』のホステスですよ」

「ホステスねえ。六本木のクラブにも、行くことがあるから、その時に、会ってるんですかね？」

今度は、酒井は、用心深く、いった。

「実は、彼女も、死んでるんですよ」

「死んでる？　殺されたんですか？」

「わかりません。自殺の可能性もありましてね」

「しかし、どちらにしろ、私にも、この事務所にも、関係ない」

「ところが、そうもいっていられなくて、今日、伺ったんです。彼女の部屋に、こんなメモがあったもんですからね」

亀井が、横から、例のメモを、酒井に、渡した。

酒井は、ざっと眼を通してから、急に、険しい眼つきになって、

「何です？　これは。私が、永井みゆきを殺させたみたいなことが、書いてあるじゃないですか！」

「小林恵子は、このメモを残して、死んでいるんです」

「私は、この女も知らないし、永井みゆきを殺してくれと頼んだなんて、とんでもない。私が、どうして、そんなことを頼むんですか？」

「邪魔になったから？　違いますか？」

十津川が、きいた。

「バカバカしい。彼女は、美人で、仕事熱心で、私も私の事務所も、重宝してたんです。なぜ、殺さなきゃならないんですか？」

「永井みゆきさんと、個人的な関係は、なかったんですか？」

「何ですか？　それは」

「酒井さんは、結婚していらっしゃるんでしょう？」

「もちろん、していますよ。子供もいます」

「それなのに、永井みゆきと、関係が出来て、どうしようもなくなった――」

亀井が、いった。

「そういうのを、何ていうか、教えましょう。下司《げす》の勘ぐりというんです。彼女とは、あくまでも、仕事上のつき合いしかなかった。これ以上、妙なことをいわれると名誉毀損《きそん》で、告訴しますよ」

と、酒井は、いった。

3

外にとめておいたパトカーに戻ると、

「どう思ったね？」

と、十津川が、きいた。

「タヌキですよ。あっさり肯《うなず》いたり、名誉毀損だと怒ったり——」

亀井が、笑った。

「タヌキか」

「永井みゆきとは、仕事の上だけのつき合いなんて、とても信じられませんね。仕事のつき合いが、いつの間にか、男と女のつき合いになるなんて、よくある話ですよ。それが、ニッチもサッチもいかなくなったんじゃありませんかね。あれだけの事務所を持ってる有名弁護士だから、何とかしなければならないと思う。そんなところじゃありませんか」

「それで、小林恵子に、殺させたか？」

「そうです」

「しかし、どうやって、彼女にやらせたんだ？」

「人の弱味につけ込むのが得意な弁護士ですよ」

「小林恵子の弱味につけ込んだか？」

「だと思います。人は誰でも、いろいろと、他人《ひと》にいえない暗い過去や、秘密を持っていると思うのです。弁護士は、そういう秘密を、守るものですが、酒井は、彼女の秘密を知って、その秘密を、テコにして、彼女に殺人を犯させたんじゃありませんかね。その秘密を守りたければ、永井みゆきを殺せ。その方法は、こうするのだ。木下という、女に甘いカメラマンが、サンライズエクスプレスに乗るから、それを利用しろと、方法も、指示したんじゃありませんか。指示通りにやれば、絶対に、お前が、犯人になることはないと、いってです」

　亀井は、いった。

「小林恵子は、秘密を守りたいために、サンライズエクスプレスに乗り込み、木下を欺《だま》して、殺人犯に仕立てあげたか？」

「そうです。自分の暗い過去かも知れません。たとえば彼女は、内緒で作った子供がいて、その秘密を守ろうとしたのかも知れません」

「永井みゆきを殺したあとは？」

「酒井は、小林恵子に、それを、喋《しゃべ》られるのが怖いので、私立探偵の小松勇を傭《やと》って、監視させておいたんだと思います。小松に、ぴったりと、彼女にくっついているように、命令したんだと思いますね。小林恵子には、お前を、守ってやるんだといっていたのかも知れません。ボディガード兼、監視役です。ところが、うまく罠にはめた筈の木下が、釈放され、彼は、必死になって、自分を罠にはめた女を、探し始めた。そして、競馬場へ遊びに行った小林恵子が、見つかってしまった。彼女は、危いところで、逃げたが、今度は、小松勇が、見つかりそうになった。或いは、小松が、変な気を起こして、依頼主の酒井を、脅迫したのかも知れません。彼女のボディガード兼監視役なら、もっと、金を寄越《よこ》せと、ごねたケースも考えられます。そこで、酒井は、まず、小松を殺して、自宅マンションに放火した。そういうことなんじゃありませんか？」

「そのあと、今度は、同じ私立探偵の桜井も、殺さなければならなくなってしまったか？」

「よくあるケースです。一つの秘密を守ろうとして、次々に、殺人をやらなければならないということです。小松が死んで、手掛りを失った木下は、今度は、同じ私立探偵仲間で、小松のことをよく知っている桜井を傭ったんです。小松と、一緒にいた女を見つけてくれとです。そこで、桜井は、小松が、最近、親しくしていた二人の女性の、どちらかだと考え、ミノックスを使って、まず、ホステスの小林恵子の写真を、隠し撮りしたのではないでしょうか？　酒井は、あわてて、桜井を殺した――」

「なぜ、桜井を殺したんだ？　木下を殺した方が、簡単じゃないか？」

「木下は、警察が、ガードしていました。だから桜井を殺したんだと思います。ただ、死体を、中央公園に運んだとき、ポケットから、ミノックスが落ちたのに、気付かなかったんです」

「死体を運んだのは、二人の人間だといわれているが、その一人は、小林恵子だと思うかね？」

「その可能性は、高いと思いますね。もう一人は、男でしょう？」

「酒井か？」

「いえ。彼は、汚い仕事を、自分で、やるタイプじゃないと思います。誰かを傭って、やらせるタイプです。小林恵子を使って、永井みゆきを殺させたようにです」

「金で、傭った男かね？」

「金だけではないと、思います。酒井は、弁護士です。彼が秘密を握った男女は、何人かいると思うのです。小林恵子と、同じようにです。そんな男に命じて、小林恵子に協力させ、桜井を殺し、中央公園へ、運ばせたんだと思いますね」

「中央公園に、死体を運んだ理由は？」

と、十津川が、きいた。

「それは、こんなことだと思いますね。二人に、桜井を、殺させたのはいいが、その場所が、小林恵子の家の近くだった。そこに、死体を放置しておいたのでは、彼女が危険になる。そこで、無理にでも、もっと遠い、中央公園へ運んで捨てなければならなかったんじゃないでしょうか？」

「そのあと、小林恵子が、自殺したことになるね？」

「彼女は、精神的に、参ってしまったんじゃないでしょうか？　酒井に命じられるままに、サンライズエクスプレスの中で、永井みゆきを殺しました。ところが、そのために、追われることになり、小松、桜井と、二人の私立探偵が、次々に、殺されることになった。しかも、桜井の場合は、死体を運ぶのを、手伝わされた。精神的に参るのは、当然だと思います。そして、あのメモを残して、自殺してしまったんです」

「それで、間違いないと思うかね？」

十津川は、慎重に、きいた。

「もちろん、証拠はありませんが、これで、筋道は、通ると思います。ここまでの事件の説明がつきます」

亀井は、自信ありげに、いった。

4

亀井の推理は、確かに、納得させるものを持っている。

ただ、証拠がなかった。だから、これだけで、酒井を、逮捕することは出来ない。

「もう一つ、動機の解明も、必要だ」

と、三上本部長が、いった。

「殺しの動機ですか？」

「まず、酒井が、永井みゆきを殺さなければならなかった動機だよ。これから、連続殺人が始まっているんだからね。彼が、どんなことをしてでも、永井みゆきを殺さなければならなかった理由を知りたいね」

「それは、酒井が、永井みゆきとの関係を知られるのが怖かったからだと思いますが」

と、亀井は、いった。

「しかし、それだけで、殺すかね？」

三上が、首をかしげるのだ。

十津川と、亀井が、なおも、その点を調べていくと、一つの情報が、耳に飛び込んできた。

次の参院選に、酒井が、保守党から、候補の一人に推《お》されているらしいという情報だった。

東京には、保守党の、有力な候補がいない。そこで、ひそかに、候補者の一人として、酒井の名前があがっているというのである。

十津川は、学生時代の友人で、中央新聞の記者をやっている田口に会って、確かめてみた。

「ああ、そのことなら、間違いなく、酒井の名前を、聞いているよ。東京の選挙民は、古い政治家には、良い顔はしない。信用していないんだ。今まで、保守党は、有力政治家を出馬させて、失敗してきている。それで、弁護士の酒井に、眼をつけたんだ。弁護士には、正義の味方のイメージがあるからね」

「酒井当人は、どうなんだ？」

と、十津川は、きいた。

「酒井も、十分に、色気ありだよ。その証拠に、最近、急に、テレビの法律相談なんかに、出演するようになっている」

「ああ、それなら見たよ」

と、十津川は、肯《うなず》いた。

Ｋテレビのワイドショーで見たのだ。もっぱら、女性の味方という立場で、法律相談にのっていた。

「テレビで、人気が出れば、十分に、戦えるんじゃないかな」

と、田口は、いった。

「弁護士として、金と名誉を手に入れたので、今度は、政治権力というわけか」

「五十二歳という年齢は、政界に出ていくには、ぎりぎりだろう。それで、決断したんじゃないかと、いわれているよ」

と、田口は、いった。

（これで、動機は、解明されたな）

と、十津川は、思った。

捜査本部に戻ると、十津川は、その話を三上本部長に、報告した。

「政治的野心が、酒井に、永井みゆきを、殺させることになったのではないかと、考えられます」

「どういうことだ？」

「アメリカの例を見ても、日本のケースを見ても、現代の政治家にとって、不倫は、命取りになります。今は、女性の有権者が、力を持っていますから、選挙に勝つためには、身ぎれいにしておかなければなりません。酒井が、次の参院選に勝つには、永井みゆきの存在が、何とも困ることになったのだと思います」

「二人が、不倫関係にあったということだな？」

「そうなってくると思います。二人は、噂になっていましたからね。選挙になれば、当然、ライバル候補が、その点を、突いてきます」

「しかし、殺すほど、危険な存在になっていたのかね？」

「もちろん、最初から、殺す気はなかったと思います。酒井ぐらいの男ですから、何とか、永井みゆきの方から、身を引かせるようにしたかったと思います。金の力で、そうしようとしたかも知れないし、或いは、法律の力を借りて、脅したことがあったかも知れません。だが、彼女の方は、承知しなかったのではないかと思います。それどころか、彼女は、今が、チャンスと考えて、酒井に、結婚を迫ったということだって、考えられます」

「そういう女だったのかね？」

三上が、きく。

「永井みゆきが、野心家だったことは、多くの人が、証言しています。今、不景気ですが、彼女は、自分のコンパニオン会社を成功させていたんです。経営の才能があるということでもあるし、うまく、立ち廻っていたということもいえると思うのです。酒井弁護士のように、力のある人間に、取り入るのも、上手《うま》かったのではないでしょうか」

「だから、今なら、酒井を離婚させ、自分がその後妻に、おさまれると、考えたのか？」

「あくまでも、推測ですが」

と、十津川は、断ってから、

「それで、酒井は、永井みゆきが、邪魔になってきたのだと思います。彼は、選挙に備えて、テレビのワイドショーに、積極的に出演して、顔を売っています。そのテレビでは、法律家として、女性の味方に終始しているんです。それが、女性の敵になってしまっては、とても、選挙には勝てません。だから何とか、うまくやって、永井みゆきを、消そうと、計画したんだと思います。彼女が、四国へ行くために、サンライズエクスプレスに乗ることを知って、計画を立てた。というより、酒井が、彼女に、サンライズエクスプレスに乗ることを、すすめたんだと、私は、思っています」

「そのすすめに、簡単に、永井みゆきは、のったということかね？」

「酒井は弁護士です。そこは、うまく、すすめたと思いますね。結婚してくれといわれたとき、酒井は、一応、そうしようと、承知して見せる。そうしておいて、嬉《うれ》しがる彼女に、一度、郷里の四国へ行って来たらどうかとすすめる。先に行っててくれれば、あとから、私も行くとでもいえば、彼女は、喜んで、行ったと思いますよ。あとは、どうにでもなったと思いますね」

と、十津川は、いった。

捜査本部全体の空気も、酒井犯人説に、固まっていった。

もちろん、詰めていかなければならないことは、多かった。

第一は、犯人に仕立てあげた木下のことである。彼が、あの日、サンライズエクスプレスに乗ることを、どうして、知っていたのか、そのことも、まだ、わからないのだ。

推理は、可能である。

酒井は、交際範囲が広い。どこかで、女にだらしのない木下カメラマンのことを知ったということは、十分に考えられる。よく、旅行に出かける、女でよく失敗する独身のカメラマン。

それなら、旅先の場所で、女殺しの犯人に仕立てあげるのが、簡単だと、考えたのではないか。

それで、木下のことを、調査する。

弁護士は、民事裁判のために、よく、私立探偵を使うことがある。裁判を、有利に戦うためだ。

酒井は、気心の知れた私立探偵に、木下の予定を調べさせた。そして、木下が、サンライズエクスプレスに、取材で、乗ることを知った。

それが、わかれば、罠を、仕掛けるのは、簡単だったろう。

これも、推理だが、永井みゆきと、彼女に化けた小林恵子も、当日、サンライズエクスプレスに乗った。

本物の永井みゆきは、もちろん、別の車両に、ひとりでである。

一方、彼女に化けた小林恵子は、木下と同じ車両に乗って、彼に接近する。女に甘い木下は、想像どおり、彼女の写真を撮ったりして、喜ぶ。

酒井は、木下が、そうすることを予想して、本物の永井みゆきの写真を、サンライズエクスプレスをバックにして、撮っておく。あとで、木下のカメラの中のフィルムを、すりかえるためだ。

これを、酒井自身がやったか、誰かにやらせたか。多分、誰かに、やらせただろう。

夜中になって、永井みゆきを殺し、死体を、小林恵子がいた部屋に入れておく。それで、罠は完成だ。

「警部の考える通りだと、思いますよ」

亀井が、いってくれた。

「だが、あくまで推理で、証拠はない」

「動機は、十分ですよ。野心のための殺人です」

「人が、死に過ぎている」

と、十津川は、いった。

反論を、自分で作って、その反論を、潰《つぶ》したいのだ。

酒井が、自供することは、まず、考えられない。証拠も見つかりそうもない。だから、反論を作って、それを一つ一つ潰していく。反論が、ゼロになれば、これ以外に考えられないということで、強力な状況証拠になってくれる。

「酒井は、最初から、何人もの人間が、死ぬことになるとは、思っていなかったと思いますね。選挙に邪魔な永井みゆき一人を殺してしまえばいい。ただ、殺せば彼女と関係のあった自分が、調べられる。それでは困るから、犯人を、作る。そう考えた筈で、それは、成功しかけたんです。ところが、それが、失敗して、自分が危うくなってきた。あとの殺人は、それを、何とか処理しようとしてのものです。だから、何人も死んだことは、別に、問題じゃないと思います」

亀井が、一つずつ、反論を、消していく。

「酒井は、自分で、手を汚さないとなると、実行者が、何者かということになってくるね。私立探偵の小松を殺し、桜井を殺し、死体を、中央公園に運んだ男だ」

「それが、最大の問題ですね」

と、亀井も、肯く。

酒井は、自分で、そんなことは、やらない筈だ。常に、命令して、やらせる立場の人間である。

もし、彼が、実行者なら、最初から、小林恵子に永井みゆき殺しを命じたりせず、自分で、やっていただろう。

「酒井のためなら、どんなことでもする人間が、いるのだ。そう考えれば、納得できる。そいつは、今まで、ダーティな部分を、全部、引き受けてきた。今回に限って、それがうまくいかなくて、酒井の名前が出てしまった。そういうことじゃないかな？」

「つまり、酒井は悪徳弁護士ということですか？」

「表面的には、有能で、強力なスタッフを持っている。依頼人のためには、必ず、裁判に勝ち、利益をあげてやる。だから、政治家にも、企業家にも、ファンが多い。だが、そのためには、眼には見えないところで、買収や、脅迫が、行われて、きたんじゃないか。酒井も、法律事務所のスタッフも、それには、直接関係しない。ダーティなことは、全て、専門の人間が、処理してきたということだよ」

「どういう人間だと、想像されますか？」

「冷静で、いざとなれば、平気で人を殺せる。絶対に、自分は表に出ない。もちろん、口も固い。そういう人間だと思うがね」

「酒井にとっては、便利な人間ということですね」

「その通りだ。彼は、その報酬として、大金を払っていた筈だ」

「もし、酒井の個人資産や、法律事務所の収支決算に、おかしなところがあれば、そこから、真相に近づけるかも知れません」

亀井は、眼を輝かせた。

「だが、簡単には、わからないと思うね。今の段階では、酒井は、殺人容疑者ではないし、その上、高名な弁護士で、通っている。事務所も、有力政治家や大企業の顧問弁護を引き受けている。だから、彼個人や、事務所におかしな金の支出があるかどうか、見つけるのは、難しいと思わなきゃならない」

「それは、覚悟していますが、とにかく、やってみましょう」

と、亀井は、いった。

十津川は、覚悟して、捜査に入った。

予想した通り、簡単にはいかなかった。

殺人容疑者ではない人間の資産状況は、警察だからといって、簡単に、調べられるものではなかった。

銀行なども、守秘義務を、理由にして、預金額も、その出し入れも教えてくれないし、国税も、毎年の申告額を教えてはくれなかった。

もちろん、それを調査するための令状も、地裁が、出そうとしない。

三上本部長も、消極的だった。

「酒井も、彼の事務所も、殺人に関係しているという証拠もないんだろう。ただ、推測だけで、そんな要請は裁判所に出来ないよ」

と、三上は、いった。

十津川たちに出来ることは聞き込みだけだった。

同業者からの聞き込み、酒井法律事務所に勤めていたことのある人間、特に、経理を担当していた人間を、探し出しての聞き込みである。

酒井個人や、事務所が、理由《わけ》のわからない支出をしていなかったか。

それを聞いて廻るのだが、いっこうに、それらしい話が、聞こえて来ない。

当然かも知れなかった。そんな秘密を必要とする大金が、簡単にわかるように、支出されていた筈はなかったのである。

「覚悟はしていましたが、壁は、厚いです」

と、珍しく、亀井は、弱音を吐いた。

西本と日下は、二年前に、酒井法律事務所を、辞めた経理担当の女性を、見つけ出してきたのだが、結局、彼女も、「あやしい」支出については、知らなかった。

「もし、それがあったとしても、酒井ひとりしか知らないのかも知れません」

と、西本は、小さく、肩をすくめて見せた。

十津川も、金の面から調べていくのは、無理かと思い始めた時、捜査本部に、一通の手紙が、届いた。

差出人の名前のない封筒だった。

宛名の「捜査本部御中」の文字は、ワープロで打たれている。

十津川は、ある予感を覚えながら、封を切った。

〈酒井弁護士は、毎月末に、百万円を、ある男に支払っている。その相手の名前は、柏木明である。住所は、一応、中野区中野七丁目の「ヴィラ中野1208」になっている。百万円は、銀行振込みにはせず、毎月、酒井自身か、事務所の若手の弁護士が、直接、相手に手渡しているが、これは、その支出が、明るみに出るのを恐れてか、相手の柏木との関係を知られないためと思われる。なお、毎月の百万円は、時に、数百万に、はねあがることがあるという噂である〉

中の便箋には、同じワープロで、こう書いてあった。

十津川は、それを、亀井に見せた。

「密告ですね」

と、いいながら、亀井は、読み下したが、

「面白いじゃありませんか」

「だが、慎重にやってくれ。こういう手紙には、差出人の意図というものがある。

酒井に対する憎しみか、ライバル意識がね。それを割引いて、冷静に調べて欲しい」

と、十津川は、釘を刺した。

「それでも、これが、事実なら、われわれの捜査に十分、役立ちますよ」

亀井は、無造作にいった。

亀井が、若い三田村刑事をつれて、手紙にあった柏木明という男を、調べに出かけて行った。

5

四時間ほどして、亀井と、三田村が、戻ってきた。

「今までにわかったことを、報告しようと思いましてね」

と、亀井は、いい、

「柏木明。三十五歳。中央線沿線に勢力を持つ暴力団K組の幹部です」

「K組の幹部か」

「そうです。K組の組員としては、異色で、国立大学出身のインテリです」

「インテリヤクザか」

「K組が、経済ヤクザとして成功した理由の一つに、柏木の存在があったといわれますが、それでも、他の組との抗争では、殺人罪で、三年間、刑務所に入っています」

「その柏木に、酒井が、毎月百万円払っている事実はつかめたか?」

と、十津川は、きいた。

「証拠はつかめませんが、ヴィラ中野の管理人が、二度、酒井と思われる人間を、見ています。二回とも、夜おそく来たということです。ただ、それが果して、酒井に間違いないのか、また、1208号室の柏木に会いに来たのかという確証はつかめません」

「柏木は、独身か?」

「独身です。女にはもてるらしく、何人かの女と噂は、あるようです」

と、亀井が、いい、それに続けて、三田村が、

「その一人が、新宿のクラブ『ドリーム』のママで、名前は、足立ありさ。三十

歳。美人です」

「会って来たのか？」

「私が、ひとりで、店に行って来ました。ホステスの話では、彼女の方が、柏木に惚れているみたいです」

「柏木は、よく、その店に行くのか？」

「月に何回か行っているようです。私が受けた感じでは、柏木にとっては、何人かいる女の一人のように見えます」

「あとは、柏木が今回の事件で、どう動いたかということだな。もし、事件に絡んでいることがわかれば、酒井犯人説の有力な裏付けになる」

十津川は、亀井たちを、励ますように、いった。

柏木明の顔写真も、手に入った。

身長一七八センチ。体重六十二キロ。長身で、やせている方だろう。

中央公園での殺人事件を目撃したホームレスに、もう一度、話を聞いた。

暗かったので、死体を運んだ二人の顔はわからないが、かなり、身長差があったという。

小林恵子は、一六〇センチ。今の女性としては、平均的な高さだが、死体を運んだ相棒が、柏木だとすれば、身長差は、一八センチもある。ホームレスの目撃談と、一致するのだ。

「柏木明を呼んで、直接、訊問してみるかな」

と、十津川が、亀井に、いったとき、彼の携帯電話が鳴った。

相手は、木下だった。

「会って、十津川さんに見せたいものがあるんです」

と、木下は、いきなりいった。

「どんなことです？」

「それは、会ったときにいいます。明日の午後八時に、成城学園前の喫茶店ピノキオに来て下さい」

「成城学園前のピノキオ？」

「駅近くのビルの二階にある店です。明日の午後八時ですよ。必ず、来て下さい」

「今、何処にいるんだ？」

「そんなことは、どうでもいいでしょう。絶対に来て下さいよ。成城学園前のピノキオ。午後八時」

それだけ、一方的にいって、木下は、電話を切ってしまった。

翌日、十津川は、亀井たちに、引き続き、柏木明と、酒井の関係を調べておくようにいって、ひとりで、木下に会いに出かけた。

小田急線の成城学園前駅でおりる。

近くの交番で、ピノキオという喫茶店を聞いてみる。

駅近くの雑居ビルの二階だった。

午後七時四十分に着いたので、その店に入って、待つことにした。

平凡な、どこにでもありそうな喫茶店だった。

十津川は、奥のテーブルに腰を下し、店の入口に顔を向けて、コーヒーを飲むことにした。

すぐ、午後八時になった。

だが、木下は、現われない。十分すぎても、同じだった。十津川は、いらだって、煙草に火をつけた。

一本、二本と、吸殻が、灰皿に溜《たま》っていく。

いぜんとして、木下の姿は、見えない。

十津川は、持って来た木下の顔写真を、店のマスターと、ウエイトレスに見せた。

「多分、昨日、店に、この男が、来ていたと思うんだが、見覚えはありませんかね？」

と、きいた。

昨日、木下は、この店から、電話して来たと考えたのだ。

十津川の予想は、当って、マスターも、ウエイトレスも、見たといった。

「昨日の午後三時頃だったと思いますね。携帯でかけていましたよ」

と、マスターがいった。その時刻なら、間違いなく、十津川が、木下の電話を受けたときである。

「この男ですが、ここには、何回ぐらい来ていますか？」

と、十津川は、きいた。

「昨日が初めてのお客さんだと思いますわ」

これは、ウエイトレスがいった。

「初めて？」

「ええ」

「ここには、どのくらい、彼は、いましたか？」

「三十分ぐらいですよ。コーヒーを一杯、注文なさって」

と、ウエイトレスは、いった。

十津川は、マスターと、ウエイトレスに、警察手帳を見せ、

「彼が見えたら、すぐ、十津川に、連絡するように、いって下さい」

と、いい、店を出た。

少しばかり腹を立てていた。わざわざ、成城まで、呼び出しておいて、出て来ないというのは、どういうことなのか。

だが、捜査本部に戻ると、腹立たしさが、次第に、不安になってきた。

今回の事件では、すでに、何人もの人間が、死んでいる。ひょっとして、木下も、死ぬことになるのではないかと、思ったからだった。

翌日になって、彼の不安が適中した。

多摩川に、彼の死体が、浮んだのだ。

十津川たちは、その知らせを受けて、丸子多摩川に、急行した。

十津川たちが、着いた時には、死体は、すでに、河原に引きあげられていた。

河原に造成されたゴルフ場の隅だった。

初動捜査班の中村警部が、十津川を見て、状況を説明してくれた。

「今朝早く、釣りに来た近所の子供が、発見したんだ。ナイフで、背中を刺されている。殺しておいてから川に放り込んだんだな」

十津川は、濡れた死体を見下した。

ジーンズに、ジャンパー、それに、スニーカーという恰好《かっこう》だった。

まるで、多摩川に散歩に来て、川に落ちて死んだみたいに見える。が、背中には、はっきりと、ナイフで刺した痕《あと》がある。血は、水で洗われてしまっていた。

中村が、所持品を渡してくれた。

運転免許証、財布、CDカード、キー。

「彼の車は、土手の上だ」

と、中村は、指さした。

軽自動車が、とまっていた。

（木下は、あの車で、ここにやって来て、殺されたのか？）

そうだとすると、十津川との約束は、どうしたのだろうか？

第五章　迷路からの脱出

1

木下は、なぜ、殺されたのだろうか？

もっと正確にいえば、なぜ、殺されなければならなかったのか？

十津川が、もっとも疑問に感じるのは、そのことだった。

だが、簡単に考える刑事もいた。犯人は、ただ単に、自分に邪魔になる人間を、全て、抹殺しただけだというのである。

三上本部長が、その考えだった。捜査会議の席で、三上は、それを口にした。

「事件は、簡単なんだよ。まず、弁護士の酒井久仁が政治的野心を持った。それが、全ての発端だった。彼には、永井みゆきというコンパニオン会社の社長の恋人がいた。政界に打って出るには、彼女が、邪魔になったので、彼女を殺すことにした。だが、ただ殺したのでは当然、自分が疑われる。そこで、一芝居打った。カメラマンの木下を犯人に仕立てあげて、永井みゆきを、殺すことだ。最初は、うまく行きかけた。永井みゆきが、サンライズエクスプレスの車中で殺され、香川県警は、木下を逮捕したからだ。酒井の計画では、これで、事件は終る筈《はず》だったが、県警は、証拠不十分ということで、木下を釈放してしまった。それだけでなく、木下は、自分を罠《わな》にかけた女、小林恵子を探し始めたんだ。もし、彼女が見つかってしまったら、酒井にとって、身の破滅だ。そこで、関係のある人間を、次々に、殺さなければならなくなった。彼にとっては、本意ではなかったろうがね。小林恵子も、殺さなければならなくなったし、カメラマンの木下も殺した。そうまでして、酒井は、自分を守りたかったわけだよ」

「酒井を、すぐ、逮捕しますか？」

と、西本刑事が、きく。

三上は、小さく溜息《ためいき》をついた。

「それが、残念ながら出来ない。全て状況証拠で、直接証拠はないんだ。その上、証人も、全て殺されてしまったからな」

と、三上は、いったあと、自分を励ますように、

「だが、酒井久仁が犯人であることは、間違いないんだ。全力をあげて、彼が、犯人だという証拠を見つけて欲しい。必ず、見つかる筈だ」

捜査会議のあと、十津川は、亀井にだけ、

「私は、道後へ行ってくる」

と、打ちあけた。

「本部長の指示に反対なんですか？」

「木下が、殺される理由が、どうしてもわからない」

「本部長は、酒井が、関係者は、全て、消したんだといっていましたが――」

「しかし、木下まで殺す必要はないんじゃないか。酒井は、自分で殺人をやるような男じゃない。自分は、手を汚さない。誰かに、多分、金で傭《やと》って、殺《や》らせる男だ。それなら、猶更《なおさら》、必要もない殺人は、やらない筈だ」

と、十津川は、いった。

「木下は、本当に、殺す必要はなかったと思われますか？」

「彼を罠にはめた女、小林恵子は死んでしまったんだ。こうなれば、木下には、もう、何も出来ないんだよ。酒井にとって、木下は、危険な存在ではなくなった筈だ」

「そういえば、そうですね」

「それなのに、殺すのは、どう考えても、不自然だよ」

と、十津川は、いった。

「――――」

「だから、私は、道後に行ってくる」

「何をしに行かれるんですか？」

「木下を罠にかけた女だが、道後温泉の仲居が、自分の高校時代の友人、小柳ゆみに似ているといっている」

「木下が、確か、そんなことを、いっていましたね。道後で、彼が泊った旅館の仲居が、そんなことをいっていたと。しかし、その小柳ゆみという女性は、去年、東京で、病死したんじゃありませんか？　だから、木下は、この線は、追わなかった」

「そうだ。私も、この話は、忘れていたんだ。だが、木下まで殺されてみると、この線を、追っかけてみたくなったんだよ」

「なぜですか？」

「木下は、殺される前に、私に、会いたいと、電話して来た。成城学園前のピノキオでだ」

「ええ。でも、彼は、来なかったんです」

「なぜ、私に会いたいと、電話して来たんだろう？」

「彼が、死んでしまった今となっては、わかりそうもありませんが」

「私はね。こう考えてみたんだ。木下は、また、幻の女を、何処《どこ》かで、見たんじゃないかと。それを、私にいいたかったんじゃないか」

「しかし、小林恵子は、もう、死んでいますよ。遺書を書いて、自殺していますす」

「わかっているさ。だが、木下は、また、幻の女を見た。私は、そう考えている」

「しかし、木下は、電話では、それをいわず、ただ、ピノキオで、会いたいと、いったんでしょう？」

「多分、木下にも、半信半疑だったんだと思う。だから、私に会って、調べてくれと、頼むつもりじゃなかったのか。私は、そう考えている。木下が、殺されたのも、そのせいではないかと、思うんだよ」

「それで、道後温泉ですか？」

「唯一の手掛りは、木下が死んでしまった今では、この仲居の証言しかないんだよ」

と、十津川は、いった。

「私も、ご一緒します」

「いや、二人が、消えたら、目立って、本部長が、怪しむ。今回は、私一人でいい」

と、十津川は、いった。

その日の中《うち》に、彼は、ひとりで、四国に向った。飛行機で、松山に飛び、そこから、道後温泉に向う。

木下は、ここのSホテルに泊った筈である。十津川は、同じホテルに入って、木下が、似顔絵を見せた仲居を、呼んで貰《もら》った。

十津川は、その話をすると、仲居は、笑って、

「私が、似顔絵の主を知っているというんじゃなくて、近くの銀行のOLさんが、知ってるんです」

と、いった。

銀行は、すでに、閉っていたが、仲居は、わざわざ、宮本さゆりという、その女子行員を、呼んでくれた。

二十五、六歳の彼女は、十津川に向って、

「ゆみさんは、もう死んでいるんですけど」

「それでもいいから、一応、話して下さい。木下さんの話では、その小柳ゆみさんというのは、あなたの高校時代の親友だそうですね？」

「ええ」

「家族は、すでに、いないと？」

「ええ。彼女が上京したあと、実家が全焼して、その時、両親が亡くなったんで

す。その時、彼女が、帰って来ました」

「それは、いつ頃のことですか？」

「今から四年前だったかしら。彼女、二十一になって、すごく、大人になっていました」

「きれいにもなっていた？」

「ええ」

「その後も、会っているんですか？」

「私が、東京に行ったとき、ご馳走してくれました」

「それは、いつですか？」

「二年前の春です。三日間、休みを取って、東京へ行ったんです。東京で、ホテルに泊ったんですけど、彼女が来てくれて、東京を案内してくれました」

「そのあと、病死したんですね？」

「ええ」

「どうして、病死したとわかったんですか？」

「東京には、彼女の他に、何人か、同窓生が、働いているんですけど、その一人が、手紙で知らせてくれたんです。盲腸の手術に失敗して、亡くなったって」

「葬式に、行ったんですか？」

「いいえ。どこで、葬式があるのかもわかりませんでしたし、第一、亡くなって、しばらくしてから、教えてくれたんです」

「では、病死が、本当かどうか、確認はしていないんですね？」

「でも、友だちが、教えてくれたことだから」

「申しわけないが、その友だちに電話して、確認してくれませんか？　その友だちは、葬式に出たのかどうか、何処の病院で亡くなったのか」

と、十津川は、頼んだ。

宮本さゆりは、携帯を取り出し、手帳を見て、東京の女友だちに、電話していたが、困惑した顔で、

「彼女は、葬式には、出てないし、何処の病院かもわからないというんです」

「どういうことだろう？」

「彼女も、友だちから聞いただけだそうです。その友だちが、誰か、はっきり覚えていないみたいです」

「そういうことが、よくあるんですよ。噂《うわさ》の出所を辿《たど》っていくと、結局、わからなくなってしまうということが――」

「でも、そのあと、ゆみさんとは、どうしても、連絡が、取れないんですよ。前の番号にかけても、出ないし、彼女からも、連絡がないんです」

「二年前に会ったのが、最後なんですね？」

「ええ」

「その時、彼女は、何をしていると、いったんです？」

「偉い人の秘書をやってると、いってましたわ。その人の名前は、教えてくれませんでしたけど」

「幸福そうでしたか？」

「ええ。とても、幸せそうでした」

「もう一度、確認しますが、その小柳ゆみさんが、あの似顔絵に、そっくりなんですね？」

「ええ。とても、よく似てます。木下というカメラマンさんのいう身体つきも、そっくりだったし――」

「彼女に、連絡するには、どうしたんです？　住所とか、電話番号は、今でも、覚えていますか？」

と、十津川は、きいた。

「住所は知りません。今いったように、えらい人の秘書をやっているので、よく旅行するからと、いわれました。だから、携帯の電話番号を教えて貰っていたんです」

「その番号を教えて下さい」

「でも、かかりませんよ」

「それでもいいんです。とにかく、教えて下さい」

と、十津川は、いった。

携帯の番号を教えて、宮本さゆりが、帰ったあと、十津川は、念のために、その番号にかけてみたが、彼女のいった通り、かからない。どうやら、相手の携帯は、廃棄処分となってしまっているらしい。

だが、持主は、わかるだろう。

十津川は、東京の亀井に、電話をかけ、この番号の二年前の持主を、探して貰うことにした。

翌日、十津川は、とんぼ返りの感じで、東京に戻った。

捜査本部に帰ると、亀井が、

「問題の携帯電話ですが、二年前には、確かに、小柳ゆみ名義になっています」

「その時の住所は、わかるか？」

「調べておきました。新宿区左門町のマンションです」

「四谷三丁目と、信濃町との中間あたりだろう？」

「そうです。マンションは、残っていますが、もちろん、もう小柳ゆみは、住んでいません」

「彼女は、どうなったかわからないか？」

「警部は、去年に、病死したというのを、信じていないんですね」

「正直にいって、半信半疑なんだよ。木下が、サンライズエクスプレスで、見た女が、この小柳ゆみだったとすれば、病死は、嘘だということになる」

「電話で、管理人に聞いたところでは、二年前に、彼女は、突然、引越したといっています。行先不明です」

「住民票は？」

「新宿左門町のマンションのままです。区役所で調べました」

と、西本が、答えた。

「死亡には、なっていないんだな？」

「そうです」

「それなら、まだ、生きている可能性があるんだ」

十津川は、自分に、いい聞かせるように、いった。

それなら、木下が、目撃した可能性もあるのだ。

「そうなると、自殺した小林恵子は、どういうことになるんですか？」

と、亀井が、きいた。

「ダミーだよ」

十津川が、きっぱりと、いう。

「ダミーですか？　何のためのです？」

「われわれ警察を、迷路に導くためのダミーさ」

「よくわかりませんが」

亀井が、眉《まゆ》をひそめる。西本も、首をかしげて、

「じゃあ、われわれが、酒井久仁について、調べたことは、どうなってくるんですか？　小林恵子の遺書は、どうなるんです？」

「私は、帰りの飛行機の中で、今回の事件を、もう一度、考え直してみたんだよ。木下を罠にかけた女が、小林恵子ではなく、小柳ゆみだったら、どうなるんだろうかとね」

と、十津川が、いう。

亀井たちは、黙って、じっと、十津川を見つめている。

十津川は、今までの捜査経過を書きつけた黒板に眼をやった。

「小林恵子が、木下を罠にかけた女ではないとなると、どういうことになるのか。彼女の遺書が、まず、怪しくなってくる。遺書には、弁護士の酒井久仁に命じられて、木下を罠にかけ、永井みゆきを殺したと書いてあったが、この文面を、疑って、かからなければならないんだ」

「しかし、酒井久仁は、実在の弁護士でしたし、コンパニオンの永井みゆきとも関係がありました。その上、酒井は、政界進出を狙っていて、永井みゆきを殺す

だけの動機を持っています」

と、亀井が、いった。

「もちろん、その通りだよ。だからこそ、われわれは、完全に振り廻されたんだ」

「しかし、警部は、間違いだといわれるんですね？」

「小林恵子が、木下のいう女でなければ、全てが違っていることになるんだ。ここに、ある全ての事件の主犯がいるとする」

十津川は、黒板に、「X」と、書いた。

「このXが、コンパニオンの永井みゆきを殺さなければならなくなった。そこで、サンライズエクスプレスの車中で、彼女を殺し、カメラマンの木下を犯人に、仕立てあげることにした。その企ては、半ば成功し、半ば、失敗した。木下は釈放され、幻の女を探し始め、警察も、別に犯人がいるのではないかと、疑い始めた」

「その通りです」

「困ったXは、警察の捜査を誤った方向に導くことを考えた。そこで、どうしたか？　木下が、必死になって探している女を、見つけさせることを考えたんだよ。もちろん、本物の幻の女ではなく、彼女によく似た小林恵子をだ。木下は、似顔絵に、描いたが、彼女の写真は、持っていない。そこで、木下が傭った私立探偵に、小林恵子の写真を持たせて、殺す。警察は、小林恵子が、幻の女だと思い込み、彼女のことを調べていく」

「そこで、小林恵子を自殺に見せかけて殺し、あの遺書を残したんですね」

「小林恵子を自殺に見せかけて殺《や》るだけでは、警察を欺《だま》せないと考えたんだと思うね。それに、もう一つ、Xには、別の狙いがあったんだと思う。それが、酒井久仁という新しい犯人を作ることだよ」

「酒井久仁を恨む遺書にしたのは、そのためですね」

「政治絡みの陰謀。いかにも、警察が、引っかかりそうなストーリィじゃないか。Xの思惑どおり、われわれは、まんまと、引っかかった。弁護士の酒井久仁が、政治的野心のために、コンパニオン会社の社長の永井みゆきを殺したと、思い込んでしまったんだ」

「そうです」

「私も、そう思い込んでいた。木下が、また、幻の女を目撃することがなければ、Xの企みは、まんまと成功したのさ。だが、木下は、見た。木下が、幻の女は、まだ生きていると、警察に証言したら、全ての嘘《うそ》が、わかってしまう」

「そこで、木下を殺したわけですね。しかし、木下は、なぜ、警部に電話して来たとき、あの女は、生きているといわなかったんでしょう？」

と、西本が、きいた。

「木下は、前には、彼の言葉を、誰も信じてくれなかったということがある。警察もだ。しかも、その女と思われる小林恵子が、自殺したことになっているんだ。サンライズエクスプレスの殺人について自供した遺書を残してだよ。今、電話で、あの女は生きていますといっても、私が信じてくれるとは、思わなかったんだと思う。だから、もう一度、確認するか、何とかして、彼女を写真にとろうと思ったんじゃないかな。それが、間に合わず殺されてしまったんだ」

「しかし、これからどうします？　捜査を、どう、進めて行きますか？」

亀井が、きく。

十津川は、改めて、部下の刑事たちの顔を見廻した。

「これからの捜査は、二つの方向で、進めたいと、思っている。一つは、幻の女を見つけ出すことだ」

「警部は、小柳ゆみという女性が、幻の女だと、思われますか？」

日下が、きく。

「第一候補だと思っている。私は、女性の直感を信じる方でね。彼女の親友の宮本さゆりの、彼女だという言葉を、信じたいと思っているんだよ」

と、十津川は、いった。

「もう一つの方向は？」

亀井が、じっと、十津川を、見つめた。

「Xは、われわれに、酒井久仁という、美味《うま》そうな餌を、ぶら下げて見せた。Xが、意味もなく、酒井久仁の名前を、われわれに、教えたとは、思えないのだ」

「そりゃあ、そうでしょう。彼が、永井みゆきと無関係な男なら、われわれは、餌に飛びついたりはしませんからね。酒井は、永井みゆきを知っていたし、殺すだけの理由があるから、餌として、価値があったんです」

「その通りだ。Xも同じ条件を持っている筈だよ。永井みゆきを知っており、彼女を殺す理由を持っているという二つの条件だ」

と、十津川は、いった。

「それは、当然だと思いますが――」

「Xには、もう一つ、第三の条件があると、私は、思っている」

「何ですか？」

と、三田村刑事がきいた。彼も、食いつくように、十津川を見ていた。捜査を、転換しなければならないことで、捜査本部は、重苦しい雰囲気に包まれていた。

「いいかね。Xは、餌として、新しい犠牲《いけにえ》として、酒井久仁を選んだ。なぜ、彼にしたんだろう？」

「それは、今、いった二つの条件を備えているからじゃありませんか。永井みゆきを知っていて、彼女を殺すだけの理由を持っているからでしょう？」

「しかし、下手をすれば、酒井は、殺人犯になる。それも大量殺人の犯人だ。死刑になるよ」

「ええ」

「もし、Xが、酒井と親しければ、彼を、餌になんかしないだろう」

「わかりました。Xと、酒井久仁は、仲が悪いということになりますね。死刑になっても構わない人間だと思っている――」

三田村が、肯《うなず》く。

「私は、もっと、強く、Xは、酒井久仁を、蹴落《けお》としたがっていると、思うのだ。彼は、この機会に、酒井を、殺人犯にして、葬り去ろうとしているんだと、私は思う」

と、十津川は、いった。

「酒井とは、ライバル関係にある人間ということですか？」

「それが、第三の条件になるんだ」

十津川は、黒板に、チョークで、三つの条件を、書き並べた。

①永井みゆきを、よく知っている。

②彼女を殺さなければならない理由がある。

③酒井久仁とは、敵対関係にある。

「もう一つ、Xには、条件が必要だと思いますわ」

と、北条早苗刑事が、遠慮がちに、いった。

十津川は、彼女に、眼を向けて、

「いってみたまえ」

「木下カメラマンの行動を、よく知っていたということです。酒井久仁のことを調べているときも、そう思ったんですが、木下が、あの日、サンライズエクスプレスに乗ってて、彼が女好きで、カメラを使って、女を口説くことを、知っていなければ、第一の殺しは、出来なかったと思うんです」

「酒井が、犯人と考えていた時は、彼が、法律事務所を持っていて、いろいろな方面に、アンテナを張っている。そのアンテナに、木下というカメラマンが、引っかかって、それで、犯人に仕立てることにしたんだろうと、考えていたんだがね」

「Xにも、同じことがいえる筈ですわ」

と、早苗は、いった。

「わかった」

と、十津川は、肯き、黒板に、

④木下カメラマンが、サンライズエクスプレスに乗ること、彼が女に甘いことを知っていた。

と、付け加えた。

「では、これに従って、X探しを始めて貰う」

2

しかし、実際に、新しい捜査を始めてみると、意外に困難なことがわかった。

まず、永井みゆきを知っている人間の数の多さである。彼女は、ただ単に、コンパニオンというだけでなく、コンパニオン会社の社長だった。その上、仕事熱心で、いろいろな世界に、食い込んでいたのだ。その中には、政財界人もいるし、酒井のような弁護士もいた。

酒井久仁と、敵対関係にある人間を探すのも大変だった。酒井には、味方も多かったが、敵も多かった。

数が、多過ぎるのだ。

それを、一人ずつ当っていくのは大変な作業だった。

捜査が、はかばかしくいかない中で、十津川は、亀井を、喫茶店に誘った。コーヒーを飲みながら、亀井の意見を聞きたくなったのだ。

「一つ考えていることがあるんだよ」

と、十津川は、いった。

「どうも、捜査が、進展しないので、申しわけないと思っています。力足らずで」

亀井が、詫《わ》びるのへ、十津川は、首を横に振った。

「私の力不足のせいだよ。みんなは、良く、やってくれている」

「考えというのを聞かせて下さい」

「北条刑事のいったことを考えていたんだ」

「第四の条件――ですね」

「そうだ。Xは、木下カメラマンの行動、サンライズエクスプレスに、あの日、乗ることを知っていたし、木下の性癖、女にだらしないこと、美人を見れば、すぐ、口説くことを知っていた筈だと、北条刑事は、いった」

「ええ。つまり、Xは、木下の身近にいるということになって来ます」

と、亀井は、いった。

十津川は、首を横に振って、

「それは、違うよ」

「どうしてですか？」

「今まで、われわれは、木下のことを、調べて来ている。もし、Xが、木下の身近な人間なら、今頃、Xが誰かわかっている筈だからだ」

「確かに、そうですが、それなら、なぜ、Xは、木下の行動や、性癖をよく知っているんですか？」

と、亀井が、反撥《はんぱつ》する。

「こういうことだと思う。Xは、木下のことをよく知っている人間の知り合いだと。つまり、Xは、間接的に、木下のことを知っているんだとね」

「そうなると、相当広い範囲を調べなければなりませんが」

「そこで、私は、一つ賭けをしてみたいと、思うんだよ。その賭けに、カメさんも、賛成して貰いたいんだ」

「いいですが、どんな賭けですか？」

「一人の人間を、マークしてみたいんだ」

「誰ですか？」

「木下の女ぐせは、何人もの人間が知っていると思う」

「でしょうね。彼とつき合った女は、みんな知っているでしょうし、友人も、知っていると思いますが――」

「しかし、その上、サンライズエクスプレスに、あの日、取材で乗ることを知っていた人間となると、ぐっと、範囲が、せまくなってくる。特に、犯人は、木下が、サンライズエクスプレスの何号個室に乗るかも知っている必要があったんだ。その隣りの個室を、確保しておく必要があったからだよ」

「そうですね」

「そこまで知っている人間となると、更に、限られてくる。そこで、その人間を、絞って、一人にしたいんだよ。一人に絞れると、思うのだ」

「雑誌『旅と人間』の田島編集長――ですね？」

「その通りだ。サンライズエクスプレスの取材を頼んだのは、田島編集長だし、個室の切符も用意して、木下に、渡している。前にも、仕事を頼んでいるから、木下の性癖もよく知っている筈だ」

「彼が、犯人とは、思えませんが――」

「そうさ。今もいったように、Xは、田島から、木下のことを聞いたんだ。或いは、田島は、Xの手先になって、おぜん立てをしたのかも知れない。だから、あんな罠が、張れたんだ」

と、十津川は、いった。

「確かに、田島編集長が、犯人の一味なら、第一の殺人は、うまくいったと思いますが――」

「カメさんは、不満かね？」

「いいえ。私も、田島編集長が、犯人の一味だという推理は、正しいと思います。ただ――」

「わかってる。田島が、知らないといえば、それで、終りだ。彼が、犯人の一味だという証拠は、何もないんだ」

と、十津川は、亀井に肯いて見せてから、

「田島に、面と向って聞けば、彼は、否定するに、決っている」

「私も、そう思います」

「ただ、われわれにとって、有利なのは、一度も、田島を、怪しいと思ったことはないし、そうしたことで、彼を、訊問《じんもん》したこともない点だ」

「そうです。田島は、きっと、自分が、疑われることはないと、安心していると思います」

「いきなり、平手打ちを食わしたら、どうなるかな？」

「狼狽《ろうばい》するに決っています」

「じゃあ、やってみようじゃないか」

「どうするんです？」

「田島の職場のＦＡＸの番号は、『旅と人間』に、のっている筈だ。そこへ、ＦＡＸを送ってやる」

と、十津川は、いった。

まず、西本と、日下の二人に、田島のいる出版社を、見張らせておいてから、十津川が、ＦＡＸの文面を、亀井と考えた。

それは、こんな文面だった。

〈田島編集長様
あなたは、今、危険なところにいます。
あなたは、永井みゆき殺しに、手を貸しました。木下カメラマンの行動を教え、
彼を犯人に仕立てあげる手助けをしました。それが、上手《うま》くいかなかったことに、彼は、腹を立てています。彼の冷酷さは、よく知っているでしょう。彼は今、関係した人間全ての口を封じようとしています。だから、あなたも危険です。
早くお逃げなさい。
Ｙ・Ｋ〉

「Y・Kは、誰のイニシァルです?」

と、亀井が、きく。

「もちろん、小柳ゆみのだよ。私は、幻の女は、小柳ゆみだと、信じているんだ」

と、十津川は、いった。

二人は、これを、田島のいる出版社近くのコンビニから、送りつけた。

田島が、どんな反応を示すかは、わからなかった。

田島が、犯人の一味なら、亀井のいうように、狼狽するだろう。狼狽して、どうするか?

彼を見張っている西本たちからの報告を、十津川は、じっと、待った。

田島が、あわてて、Xに会いに行けば、一番いいのだが、そうは、簡単には、いかないだろう。

FAXを送りつけてから、二十分ほどして、やっと、西本が、電話連絡してきた。

「まだ、田島は、何の動きもしていません。ビルから出て来ません」

「すぐには、飛び出したりはしないだろう。田島が、犯人の一人なら、まず、電話で、主犯のXに連絡をとる。会うとしても、夜になってからだ。そこを出て、帰宅するまでの間も、ずっと、見張ってくれ」

と、十津川は、いった。

「田島も、危いと思われるんですか？」

西本が、緊張した声で、きく。

「今いったように、彼が、狼狽して、主犯に電話したとすると、彼も、危くなるかも知れない。主犯が、田島の口を封じようとするからね」

「わかりました。田島に、ぴったりくっついて、離れませんよ」

「あまり、ぴったりくっついて、気付かれては、まずいぞ。それから、周囲《まわり》にも、気を配れよ。田島を狙う人間がいるかも知れないからね」

と、十津川は、注意した。

犯人Xは、冷酷な人間である。田島が、怯《おび》えてしまったら、容赦なく、その口を封じようとするだろう。

十津川は、自分で仕掛けておきながら、不安が大きくなってくることに、ジレンマを感じていた。田島を脅かすために、FAXを、送りつけたのだが、あまり、田島が怯えてしまっては、主犯が、田島を危険な存在と見なして、口を封じてしまう恐れがあるのだ。

(田島が、怯えて、何もかも、警察に話してくれるのが、一番いいのだが)

それは、まず、考えられない。まず、主犯に、どうしたらいいか聞くだろう。共犯の行動パターンは、たいてい、そんなものなのだ。

そういう人間だから、金などで、犯行を手伝うことになるのだ。

(証拠が欲しいな)

と、痛切に感じた。

証拠があれば、田島を逮捕できる。それで、田島を守ることも、出来るからだ。だが、今の段階では、遠くから、田島を見張ることしか出来ない。

午後七時過ぎに、田島が、ビルから出て来た。西本と日下の二人が尾行に移る。田島は、神田駅まで歩き、中央線に乗った。田島の自宅は、三鷹である。五歳年下の妻、はるみがいるが、子供は、まだいない筈だった。

八時過ぎに、田島と、二人の刑事を乗せた電車は、三鷹駅に着く。田島が、尾行に気付いた気配はない。

南口から出ると、田島は眼で、何かを探している様子だったが、一台の車を見つけると、その車に向って、さっさと、歩いて行き、リアシートに乗り込んだ。シルバーメタリックのベンツだった。運転席には、サングラスをかけた女がいた。

西本と日下の二人は、タクシーを拾って、そのベンツの後を尾行した。

田島の乗ったベンツは、深大寺に向って、走って行く。

「いい車に乗ってるんだな」

と、西本が、前方を走るベンツに眼をやった。

「編集長だから、ベンツぐらい乗るだろう」

日下が、応じる。

向うの車が、一軒の家の前で、とまる。二階建の洒落《しゃれ》た構えである。

一階に、車庫がある。その扉が、ゆっくり開き、ベンツは、その中に消えた。

西本たちは、少し離れた場所でタクシーを降りた。

暗かったその家の二階に、パッと、灯《あか》りがついた。車からおりた田島夫婦が、二階に、あがったのだろう。

西本が、携帯を取り出して、十津川に、報告する。

「今、田島が、帰宅しました。深大寺近くの家で、三鷹駅に、奥さんがベンツで、迎えに来ていました」

「表札を確認しました。田島の名前があります」

と、日下が、傍から、いった。

「途中で、何か変ったことはなかったか?」

十津川が、きく。

「中央線の車中で、田島の携帯に電話がかかって来ました。多分、奥さんからで、三鷹駅に、迎えに行くという連絡だったと思います」

「他には?」

「それだけです。ここにパトカーを、持って来てくれませんか。車の中で、夜を明かしたいので」

と、西本は、いった。

一時間ほどして、覆面パトカーが、やって来た。運転して来たのは、三田村だった。彼は菓子パンと牛乳も、のせて来た。

三人の刑事は、その車の中で、簡単な食事をすませ、田島の家の監視を続けた。

午後十一時過ぎに、田島の家の電気も消えた。

交代で、眠った三人は、翌朝の午前八時半頃、車庫の扉が開いて、例のベンツが、出て来るのを見た。

運転しているのは、サングラスをかけた女性である。だが、他には、誰も乗っていなかった。

「田島はどうしたんだろう?」

「今日は、日曜だよ。田島の出版社も休みだ」

「だから、まだ、寝ているんだろう」

三人の刑事たちは、そんな会話を交わした。それが、驚愕《きょうがく》に変ったのは、十分と、たたない中だった。

突然、眼の前の田島の家から、火が噴き出したのだ。

みるみる、家全体が、炎に包まれていく。

西本が、すぐ、一一九番した。

その間に、日下と、三田村の二人の刑事は、家に駆け寄ったが、燃えさかる炎と、煙で、建物の中には、とても、入れなかった。
十二、三分して、消防車が、一台、二台と駆《か》けつけ、放水が、始った。
だが、火勢は、いっこうに、弱くならない。火勢が下火になったのは、二十分以上、たってからだった。

田島の家の両隣りも、半焼して、やっと、鎮火した。

火災原因を調べるために、焼け跡に踏み込む消防署員と一緒に、三人の刑事も、入って行った。

まず、強烈な灯油の匂いがした。

「放火だな」

と、消防署員が、呟《つぶや》いた。

しかし、それ以上に、衝撃だったのは、焼け跡から、二つの焼死体が、見つかったことだった。

一人は、明らかに、田島だった。もう一人の方は、女性だった。顔も、やけただれているので、簡単には、誰なのか、わからなかった。

二つの焼死体は、司法解剖に廻された。

西本が、携帯で、十津川警部に、報告した。

「油断しました。奥さんが、車で、出かけ、今日が、休日なので、田島は、寝ているものとばかり思っていたのです。その間に、何者かが家の中に灯油を撒《ま》き、放火したのだと思います」

「死体は、二つ見つかったのか？」

「男女の死体です。死因を調べるために、司法解剖に廻しました。男は、田島と思いますが、女の方は、わかりません。顔が焼けてしまっていますので」

と、西本は、いった。

「身長一六〇センチ、やせ形じゃないか？」

「そうです」

「それなら、多分、田島の奥さんだよ」

と、十津川は、いった。

「こちらに、奥さんのデータが、来ている」

「しかし、奥さんは、火災の前に、ベンツに乗って、出かけていますが」

「そいつが、犯人なんだよ」

「しかし、昨夜も、駅まで、迎えに来ていますが」

「その時から、奥さんに、なりすましていたのさ」

「それなら、田島は、気付いていたと思いますが」

「もちろん、自分の奥さんと、他の女と間違える筈はないよ。彼女は、多分、犯人Xの女だろう。Xは、田島に、金を渡すとでもいったのだろう。女が、金を持って行くとね。だから、安心して、駅から、女のベンツに乗ったんだ。われわれが、勝手に、田島の奥さんが、駅に迎えに行ったんだと考えたんだ。彼女は、田島と一緒に、家に帰り、そのあとで、彼と、奥さんを殺し、時限装置で、家に火を放って逃げたんだと思う」

と、十津川は、いった。

「女一人で、田島夫婦を殺したんですか？」

「二人が、女を信頼していれば、殺すのは、簡単だろう。毒を呑《の》ませたのかも知れないし、睡眠薬を呑ませておいて、放火したのかも知れないよ」

「女は、シルバーメタリックのベンツに乗っていましたが、あの車は？」

「間違いなく、田島の車だ。ベンツのC280で、ナンバーもわかっている。先に、田島の奥さんを殺しておいて、車で、駅に、彼を迎えに行ったのかも知れないが、その辺のことは、私にも、よくわからん。とにかく、その女は、田島夫婦を殺しておいて家に放火して、逃亡したんだ」

と、十津川は、いった。

「それで、問題のベンツですが」

「大丈夫だ。すでに、手配してある」

翌日になると、司法解剖の結果が出た。

田島と、女の死亡推定時刻に、違いがあった。女の方は、昨日の午後二時から三時の間で、田島の方は、午後九時から十時までだった。

死因が、女の方が、絞殺で、田島は、毒殺だった。

それから、想像されることを、十津川は、こう考えた。

昼間、女は、田島家を訪ねて行き、田島の妻を、絞殺して、何処かに隠しておく。夜になって、ベンツで駅まで、田島を迎えに行った。帰宅したあと、彼を毒殺して、放火した。

火災の原因も、わかってきた。消防署の報告によれば、家の中に、多量の灯油をばらまいたあと、ロウソクを使った時限装置を使って、放火したのであろうと。

女の焼死体は、骨格、衣服、歯型などから、田島の妻に間違いないことが、証明された。

田島の住んでいた木造二階建は、完全に、焼け落ちてしまい、書籍、写真、手紙などを見つけることは出来なかった。

多分、犯人は、それが狙いで、灯油をまき、放火したのだろう。

十津川は、少しでも、何か事件に関係があるものはないかと、「旅と人間」社に行き、田島の机を、徹底的に調べた。

田島の机と、彼のキャビネットである。

木下が、撮った写真のネガや、作家の原稿が見つかったが、これは、別に、犯人Xに、結びつくものではなかった。

犯人Xからは、木下を罠にかけることで、かなり金が、田島に渡っただろうと思われるのだが、それも、彼の家が全焼してしまったので、手掛りは、消えてしまった。

ただ一つわかったのは「旅と人間」が、赤字続きということだった。

創刊は、三年前で二年間は、とんとんだったが、一年前から赤字続きだったというのである。とすると、誰が、金を出していたかということになってくる。

八人の編集部員で、やっていたのだが、誰も、パトロンを知らなかった。

「田島編集長が、どこからか、金を工面してきていたんです。聞いても、誰からか、教えてくれなかったんです」

と、村上という三十代の編集者がいう。彼も、他の編集者も、田島が死んでしまって、これからどうなるのかわからないと、心配していた。

「全く、スポンサーが、わからないんですか？」

十津川は、彼等の顔を見廻した。

「旅行好きの資産家だということは、聞いたことがありますよ」

と、一人がいったが、これでは、何もわからないのと同じだった。

「資金は、銀行振り込みで、送られて来ていたんですか？」

十津川がいうと、村上は、

「いや、田島編集長が、毎月、どこからか、ボストンバッグに、札束を詰めて、持って来ていたんです」

と、いう。

相手は、身元が知られるのが、嫌だったのか。それとも、現金しか、信じない人間だったのか。

「一度も、ここに、訪ねて来たことはないんですか？」

「ありませんね。不思議な人で、何者なんだろうと、みんなで、噂し合っていたんです」

しかし、田島だけは、その人間に、会っていたのだ。毎月一回会って、資金を貰って、帰って来ているのだから。

ただ、何処か街中で会って、現金を受け取ったりはしないだろう。それでは、第一、不用心だ。

「田島さんが、よくいく店を知りませんか？」

と、十津川は、きいた。

「クラブですか？」

「いや、料亭です」

「そんなところに、一緒に行ったことはありませんよ。たいていは、安い店です」

「高級料亭の話をしたことはありませんか？　話だけでも」

「そうですねえ」

と、村上は、考えてから、

「築地のSという料亭のマッチを持っていたことがありましたよ。なんで、あんな高級料亭のマッチを持っているか、不思議に思ったんですがね」

「築地の料亭Sですね？」

「そうです」

と、村上が肯く。

十津川と、亀井は、その足で、料亭Sに廻ってみた。

十津川は、名前だけは知っていたが、ここで食事したことはない。

警察手帳を見せ、殺人事件の捜査をしていると、断ってから、田島の写真を見せた。

「この人が、月に一回、ここへ来ていると思うのですが」

と、十津川はきいてみた。

五十がらみの女将《おかみ》は、落ち着いた声で、

「確かに月に一回ほど、お見えになっていますけれど」

「彼と一緒に、ここに来ている人の名前を、知りたいんですよ。ぜひ、教えてくれませんか」

「でも、お客さまのことは――」

と、女将が、ためらうのへ、十津川は、

「今も、いったように、殺人事件の捜査中なのです。はっきり、いいますと、田島さんが、殺されまして、その捜査に、当っているのです。ぜひ、協力して頂きたいのです」

と、いった。

それでも、なお、女将は、逡巡《しゅんじゅん》しているようだったが、十津川が、更に、強くいうと、

「塚本様です」

と、やっと、名前を教えた。

「塚本――？」

「塚本製薬の社長さんです」

と、女将は、いった。

（参ったな）

と、十津川は、思った。

塚本製薬といえば、大企業である。業績もいい。その製薬会社の社長が、人殺しなんかするだろうか。

「本当に、間違いないんですか？」

十津川は、思わず、念を押さずには、いられなかった。

「ええ。間違いありませんわ」

と、女将は、いう。

十津川と亀井は、とにかく、駒込にある塚本製薬へ、行ってみることにした。

社長の塚本専太郎に、会うことが出来た。七十歳だということだが、血色も良く、かくしゃくとしていた。

「田島という男を、ご存知ですか？『旅と人間』という雑誌をやっている人間ですが？」

十津川が、きくと、塚本は、あっさりと、

「知っているよ」

「スポンサーになっていらっしゃいますね？」

「ああ、今年からね」

「なぜ、金を出してあげていたんですか？」

と、亀井が、きいた。

塚本は、微笑して、

「一年前だったかね。彼が、突然、訪ねて来てね。旅の雑誌を出しているんだが、資金繰りが苦しくなったので、助けてくれないかというんだよ。話を聞くと、私と同郷だし、私の出た大学の後輩だということもわかった。それに、私自身、旅行が好きでね、今でも、ふらりと、ひとりで、旅に出る。それで、助けてあげることになったんだ」

「毎月、現金で、渡されていますね？　あれは、どういう意味があるんですか？」

「何より、私の名前が、出るのが、嫌だったからだよ。振り込みにすると、いやでも、こちらのことが、わかってしまうからね」

「田島さんが、亡くなったことは、ご存知ですか？」

「亡くなった？　そうか。火事で焼け死んだというニュースを見たが、やっぱり田島君だったのか」

「殺しでした」

「殺人？　犯人は、誰なんだ？」

「それで、われわれが、捜査しているんですが、彼を殺す人間に、心当りは、ありませんか？」

と、十津川は、きいた。

塚本は、困惑した表情になって、

「全く、心当りなんかないよ。彼は、ちょっと、大げさなことを口にするところがあってね。はったりを利かせるというのかな。それでも、旅行好きで、雑誌を愛していたから、信用していたんだよ」

「はったり――ですか？」

「ああ。塚本さんのためなら、命だって、捧げますよなんていっていたが、まあ、そんなところだね」

と、塚本は、微笑した。

「塚本さんが、命令すれば、彼は人殺しだって、やったでしょうか?」

亀井が、不遠慮にきく。

塚本は、苦笑して、

「どうかねえ。第一、私は、そんなことは、頼んだりしないがね」

「失礼ですが、塚本さんは、毎月、いくら、田島さんに資金を出しておられたんですか?」

と、十津川は、きいた。

「正直にいわんといけないのかね?」

「できれば、ほんとうのことを、いって頂きたいのですが」

「一千万円かな」

と、塚本は、いった。

「それは、田島さんの方が、それだけ必要だと、いったんですか?」

「そうだ」

「必要経費の明細は、出させていますか？」

「いや。そんなものは必要ない。私が好きで、資金を出していたんだからね」

と、塚本は、いった。

3

二人は、捜査本部に、戻ったが、十津川は、しきりに、首をひねっていた。

「どう考えても、あの塚本社長が、犯人Xとは、思えないんだがねえ」

「人は、見かけによらないといいますから」

と、亀井は、いう。

「カメさんは、塚本社長が、犯人だと思うのか？」

「田島にとっては、大スポンサーですよ。塚本さんのためなら、どんなことでもすると、いってたんでしょう？　それなら、カメラマンの木下を罠にかけて、人殺しをすることぐらいやると思います。とにかく、月に一千万の大金が手に入るんですよ」

「塚本が、殺しをする動機は何だと思っているんだね？」

「それは、色でしょう。塚本も、七十歳といっても男だし、今は七十歳だって、盛んな男は、いくらでもいますよ。塚本も、コンパニオンの永井みゆきに、惚れ込んでしまったんじゃないでしょうか？　塚本製薬が、何かで開いたパーティに、永井みゆきのコンパニオン会社が、呼ばれた。そんなことで、二人が、くっついた。ところが、永井みゆきが、次々と、金をせびるようになった。その中《うち》に、塚本の後妻に入ることまで、考えるようになったんじゃないでしょうか。それで、塚本は、参ってしまった。それで、恩を売っていた田島に、相談した」

「そこで、田島は、カメラマンの木下を犯人に仕立てて、永井みゆきを殺す計画を立てたということかね？」

「一応、筋は、通っていると思いますが」

亀井は、自信ありげに、いった。確かに、筋は、通っていた。だが、何か、しっくりいかないものを、十津川は感じた。

塚本は、毎月一千万円を、「旅と人間」の出版に投じていた。そんな男が、目ざわりになった女を、殺すだろうか？　金で解決しようとするのではないか。

十津川は、まず、塚本専太郎という男について、調べることにした。

塚本製薬の社長ということで、自伝めいたものも出ているし、何回か、週刊誌に取り上げられたこともある。

塚本は、若い時は、艶福家で鳴らしていて、女を作ったが、それが家庭争議になっていなかった。

その理由について、奥さんの律子が、立派だったからだともいい、同時に、塚本が、金に、きれいだったからだともいわれている。

金ばなれが悪くて、家庭争議になった大企業の社長が、いたとき、週刊誌に、「塚本社長を見習え」という言葉が、のったくらいである。

塚本製薬では、新しく、ガン治療薬を、発見したという噂があり、株価も値上りしていた。こんな時に、社長が殺人をやるだろうか？

もう一つ、十津川が考えたのは、酒井久仁との関係だった。

犯人Xは、酒井に、恨みを持っていて、今回の事件で、彼を、犯人にしようとしている。ということは、何らかの意味で、酒井をライバル視していて、彼を、蹴落とそうとしている人間に違いない。十津川は、そう考えている。

塚本は、それに、当てはまるのだろうか？　しかし、いくら、調べても、塚本と、酒井久仁との接点が、見つからないのだ。

塚本製薬は、酒井の法律事務所を、別に、顧問弁護士にしてはいないし、個人的にも塚本専太郎の顧問弁護士でもなかった。

塚本製薬が、社会問題を起こした時でも、酒井法律事務所に弁護を、依頼してはいなかった。

いくら調べても、接点は、見えて来ないのだ。

と、すると、塚本が、酒井久仁を憎む理由は、何もないのだ。

木下の死から、「旅と人間」の田島編集長に辿《たど》りついて、そのスポンサーの塚本こそ、犯人Xだと思ったのだが、その推理は、ここまで来て、また、壁にぶつかってしまった。

（参ったな）

と、十津川は、呟く。

迷路を脱出したと思ったのに、また、迷路に、踏み込んでしまったのだろうか？

第六章　愛と復讐

1

辿《たど》り着いた塚本製薬社長には、肝心の殺人の動機が、見つからなかった。

だが、だからといって、簡単に、塚本の線は、捨てられなかった。

カメラマンの木下から、「旅と人間」の田島編集長に到る線は、間違っていないと、思っているからだった。

十津川たちが、田島をマークし始めたとたんに、田島夫婦が、殺されたのが、その証拠だと思うのだ。

ここまでは、正しかった。そうならば、真犯人は、この線の延長上にいる筈《はず》だというのが、十津川の考えである。

そして、今、この線の延長上に、塚本製薬の社長、塚本専太郎が、浮んできた。塚本は、「旅と人間」のスポンサーとして、毎月一千万円を、出していたことが、塚本自身の口から、明かされた。

これなら、田島は、殺人の手伝いをしたとしても、おかしくはない。

木下カメラマンを犯人に仕立てあげて、永井みゆきというコンパニオンを殺した動機は、ここにきて、酒井久仁を潰《つぶ》すことだとわかってきた。

だが、塚本専太郎のことをいくら調べても、酒井久仁を潰す理由が、見つからないのだ。

塚本は、大企業の社長で、酒井のような政治的野心も、持っていないからである。

「だが、簡単に、この線は否定できないよ」

と、十津川は、亀井に向って、いった。

「私も、同じです」

亀井も、肯《うなず》く。

「しかし、塚本は、真犯人じゃない」

「ええ」

「となると、塚本の周辺にいる人間が、犯人Xではないか。私は、そう考えるんだがね」

「そういう男なら、田島を動かせますね」

と、亀井も、いう。

「もう一つ、そのXは、前にもいったが、酒井久仁と、ライバル関係にある」

「他にも、ありますよ。小柳ゆみと親しい人間です。彼女を使って、木下を、犯人に仕立てあげようとしたんですから」

「小柳ゆみは、友人に、偉い人の秘書をやってると、いっていた。その時は、とても、幸せなのだとも、その友人に、いっている」

「そうです」

「この話は、信じてもいいような気がするんだよ。ストレートに考えれば、塚本社長の秘書だったのではないかということになってくる。だが、塚本の秘書に、小柳ゆみという女性がいたことはないんだ。これは、調べて、わかっている」

「もう一つわからないのは、小柳ゆみが、一時、病死したという噂《うわさ》が、流れたことです。単なる噂にしろ、何か理由が、あった筈です」

と、亀井がいう。

「では、この二つに絞って、これからの捜査を進めていこうじゃないか。一つは、塚本の近くにいるXを見つけ出すことと、小柳ゆみが、なぜ、病死といわれたかだ。この二つは、当然、つながっている謎だと思っている」

と、十津川は、いった。

十津川たちは、まず、塚本の周辺を、調べ廻った。彼の近くに、Xは、いる筈である。そうでなければ、田島に、殺人の手伝いをさせることは、不可能だからである。そして、その人間には、小柳ゆみという秘書がいる筈だった。

塚本専太郎の人脈は、やたらに、広範囲だった。政財界にももちろん、親しい人間が、沢山いるが、その他、芸能界、文学界にも、いるのだ。塚本自身、「旅と人間」のスポンサーになっていたことから、それを、窺《うかが》い知ることが出来る。

酒井久仁の政治的野心に対するライバルということで、十津川たちは、塚本と親しい政治家か、政界に転出しようとしている人間を、重点的に調べていった。

だが、それらしい政治家や、政治家志望の人間は、いくら調べても、浮んで来ないのである。もちろん、小柳ゆみも、浮んで来なかった。

「範囲を広げてみよう」

と、十津川は、いった。

「しかし、そうなると、酒井久仁のライバルという線が、遠くなっていきますが」

亀井が、いう。

「仕方がないよ。塚本と親しい政治家の中に、該当者が、いないんだから」

捜査は、芸術家の世界、芸能の世界に広げられていった。

塚本は、「旅と人間」に、出資していた他、売れない芸人の集団にも、金を出して助けていた。それを、塚本は、「私《うち》の道楽」という言葉で、表現している。

十津川たちは、捜査を進めて行く中に、一人の男につき当った。

高品誠という四十歳の男である。彼は、政治家でも、弁護士でもなかった。

親の代から、銀座で、菓子店をやっていた。和菓子の老舗《しにせ》である。

高品は、父親が死んでから、新しい和菓子作りに専念して、成功し、店を大きくしていった。

死んだ父親は、塚本と同じ大学を出ていて、親友だった。誠という名前は、父親が、塚本に頼んで、つけて貰《もら》っている。

全盛期には、売り上げが倍増していた。その頃、社長の高品誠には、若くて、美人の秘書がいた。

その秘書の名前は、小柳ゆみである。

高品には、病弱の妻がいた。そのため、秘書の小柳ゆみと、怪しいのではないかという噂もあった。

高校時代の親友が、東京で小柳ゆみに会ったのは、この頃だと思われる。

そのあと、突然の不幸が、高品の店に襲いかかった。

まず、火事である。

今から二年前の三月、深夜に、店が、火災にあった。その時、秘書の小柳ゆみは、背中に大やけどを負って、入院した。

社長の高品も、やけどを負っている。深夜の店内は、高品と、小柳ゆみしかいなかったので、週刊誌に、不倫だと、書かれてしまった。

病弱な妻は、それを苦にして、死を早めてしまった。

高品は、放火を主張したが、警察は、取りあげず、漏電が原因と結論した。

高品は、店の再建に全力をあげ、一年たって、どうにか、再建の見通しが立ってきた。

その時に、第二の災難が、ふりかかってきた。

高品の店の和菓子を買って行って食べた女が、食中毒で死亡したのである。

「それで、高品は、訴えられました」

と、西本が、報告する。

「どういう女なんだ？」

「それが、永井みゆきがやっているコンパニオンクラブの女です」

「すると、訴えたのは、永井みゆきか？」

「そうです。民事で、二億円を、永井みゆきは、要求しました。死んだコンパニオンに代ってです」

「それで、裁判の結果は？」

「高品は、敗れて、一億二千万円を支払わされ、その上、店は、潰れました。永井みゆきの側に立って、活躍したのが、酒井久仁の法律事務所です」

「それで、今、高品誠は、どうしているんだ？」

「銀座の店は、他人に渡ってしまっています。誰かの援助で、今、四谷で小さな和菓子店をやっていますが、あまり、身が入らないようです」

「誰かの援助というのは、塚本のことかな？」

「そうだと思います。何しろ、名付親ですから」

「小柳ゆみの方は、どうなったんだ？」

「重傷で、病院に、三カ月ほど入院しています。病死の噂が出たのは、そのためだったと思います。退院してから、性格が、変ってしまったみたいだと、いう人がいます」

「どんな風にだ？」

「顔は無事でしたが、背中に、大きなケロイドが残ってしまいましたからね。酒も飲むようになったし、バクチなんかもやるようになったといっています」

「それで、競馬場にいたのか」

「刹那《せつな》的になったということのようです」

「だが、高品誠とは、関係が、続いているんだろう？」

「四谷の和菓子店で、見かけた人がいますから、続いていると、思います」

「復讐か」

　と、十津川は、呟《つぶや》いた。

「それに、塚本が、手を貸しているんじゃありませんかね」

　と、亀井が、いった。

「永井みゆきが、殺されたあと、小柳ゆみには私立探偵がついていた。それは、塚本が手配したのかも知れないな」

「実行面では、関係がなくても、金銭的な援助はしていたと、私は、思いますね。ホステスの小林恵子を買収するのにだって、金は、かかったでしょうから」

「とにかく、高品誠に会いに行ってみよう」

　と、十津川は、亀井に、いった。

2

四谷の裏通りに、小さな和菓子店があった。それが、高品誠の店だった。

店は、閉っていた。

二人が、ノックをすると、二階の窓が開いて、四十代の男が、顔を出した。

「今日は、休みですよ」

と、いう。

十津川は、その男に、警察手帳を見せた。

「お聞きしたいことがあるので、ちょっと、付き合ってくれませんか」

「今、開けます」

男の顔が、引っ込み、やがて、下の店のガラス戸が、開いた。

「高品誠さんですね」

と、十津川は、確認してから、

「永井みゆきさんを、知っていますね?」

「ああ、知っていますよ」

高品は、あっさり認めた。

「その永井みゆきが、殺されたことは、どうです？」

と、亀井が、きいた。

「ニュースで、知りましたよ」

「どう思いました？」

十津川が、きく。

「ざまあみろと、思いましたよ」

「どうしてです？」

「クラブの女が、わたしのところの和菓子を買って食べて、中毒で死んだってデマを飛ばし、あげくの果てに、訴えやがったんだ。その裁判に負けて、わたしの店は、潰れてしまった。だから、万歳《ばんざい》なんだよ。ざまあみろと、いうんだ」

高品は、大きな声を出した。

「小柳ゆみという女性も、ご存知ですね？」

「ああ。だが、今は、いない。別れたんだ」

「なぜです？」

「こんな落ちぶれたわたしについてたって、仕方がないからね」

「彼女の方は、どうなんです？」

「彼女は、若くて、美人だから、いくらでも楽しい未来があるさ。わたしと別れて、せいせいしてると思うね」

「前は、銀座に、大きな和菓子の店を持っていたそうですね」

「ああ、昔だよ」

「火事にあった」

「ああ」

「今でも、放火だと思っているんですか？」

「思っているが、警察は、漏電が、原因だといって、それで、片付けてしまったんだ」

高品は、口惜《くや》しそうに、いった。

「そのあと、中毒さわぎですか？」

「息の根を止められたんだ」

「永井みゆきに、恨まれる理由があったんですか？」

と、亀井が、きいた。

「思い当ることはある」

「それを話してくれませんか」

「まだ、銀座の店が、上手《うま》くいってた頃だ。お得意様を呼んで、パーティを開いたことがある。その時、永井みゆきのところから、コンパニオンを呼んだ。そのあと、彼女は、時々、店に、和菓子を買いに来るようになった。わたしに、妙に、なれなれしい態度を取るようにもなった。あとでわかったんだが、家内が、病弱だったので、わたしの後妻におさまるつもりだったんだ。わたしには、その気がなくて、手きびしく、はねつけた」

「あなたには、小柳ゆみさんがいたんだ」

「それとは関係ない。もし、永井みゆきに、恨まれているとすれば、そのくらいだね」

と、高品は、いった。

「そのあと、火事があって、食中毒事件が、起きたんですね」

「そうだ」

「永井みゆきに、腹が立ったでしょうね？」

「もちろんだ。腹が立たない人間がいるかね。ただし、永井みゆきを殺したのは、わたしじゃない」

と、高品は、付け加えた。

「木下というカメラマンは、知っていますか？」

と、十津川が、きいた。

「いや。知らん」

「小林恵子というホステスは、どうです？」

「何を企んでるんだ？　わたしを、犯人にしたいわけか？」

高品が、怒り出した。

「永井みゆきが殺された事件を、捜査しているのです」

「それで、わたしが、怪しいというわけか？」

「あなたには、動機がある」

「彼女を殺したい人間なんか、いくらでもいるんじゃないのかね？　性悪《しょうわる》だからな」

「塚本さんは、ご存知ですね？」

十津川は、話題を変えた。

「もちろん、知っている。亡くなった、わたしのおやじの親友だし、わたしの名付親だ」

「田島という男は、どうです？　『旅と人間』という雑誌の編集長ですが」

「知らないな。その雑誌を見たこともない」

「塚本さんが、資金援助していた雑誌なんですがね」

「そうですか。しかし、わたしは、関係ないな」

「小柳ゆみさんとは、別れたといいましたね？」

「別れたんだ。嘘《うそ》はついていない」

「しかし、今、何処《どこ》にいるかぐらいは、ご存知なんじゃありませんか？」

「いや、全く知らないね。彼女には、彼女の人生が、あるんだから」

「きれいごとだな」

亀井が、小さく笑った。高品は、険しい眼つきになって、

「何がきれいごとなんだ。わたしは、本当のことを、いっている」

「小柳ゆみは、火事で、背中に大きなケロイドがあるそうじゃありませんか。若い女性にとっては、大変な傷ですよ。あなたの秘書をしていて、夜中まで、一緒に仕事をしていたから、火事にあい、ケロイドが出来てしまった。それなのに、彼女には、彼女の人生があるですか？　全く、責任は、感じないんですか？」

亀井が、責めると、高品は、眼をそらせて、

「他に、何かいいようがあるんですか？」

「苦労するなら、一緒にしようという気にはならないんですか？」

「だから、彼女の好きにさせているんだ」

「殺人を手伝わせたのも、彼女の好きだったというんですか？」

亀井が、ずばりと、きく。高品は、顔を赤くして、

「殺人なんか、わたしも、彼女も、関係ない！」

「永井みゆき殺しについては、少くとも、彼女が、関係していることは、はっきりしているんです」

「どんな関係だ？」

「木下というカメラマンを、永井みゆき殺しの犯人に、仕立てあげるのに、一役買っている」

「証拠でもあるんですか？」

「この似顔絵を見て下さい」

と、十津川は、木下の作った似顔絵を、高品に見せて、

「犯人にされた木下は、この女性に欺《だま》されたといって、似顔絵を描いている。どうです？　小柳ゆみに、そっくりでしょう？」

「似てないよ。ぜんぜん違う」

「おかしいな。小柳ゆみを知っている人は、みんなそっくりだといっているんですがね」

十津川は、じっと、高品の顔を見て、いった。自然に、皮肉な口調になっているのは、止《や》むを得ない。

「木下とかいうカメラマンが、描いたというこの似顔絵ですがね。果して実物に近いものなんですかね。画家じゃないんでしょう？　そうだとすれば、この絵が実物に似ていないこともあるんじゃありませんか？　もし、ぜんぜん似ていない

似顔絵だったら、小柳ゆみにしてみれば、大迷惑なんじゃありませんか」

高品が、いう。木下が死んでいるから、平気で、いえるのだ。

「似ていますよ」

「たまたま、小柳ゆみに、この絵が、似ているだけかも知れませんよ。木下カメラマンに、他の似顔絵も描かせてみたら、どうなんです？　それも、ぴったり、実物そっくりなら、信じますがね」

「木下カメラマンは、死んでいるんです」

「それじゃあ、この絵の信頼性は、全く、無いんじゃありませんか？　一度しか、似顔絵を描いたことがないんでしょう？」

高品の顔に、余裕の笑いが浮ぶ。

十津川が、黙っていると、高品は、更に、

「こんな似顔絵は、法廷では、何の価値もないと思いますよ」

「小柳ゆみさんは、どんな女性ですか？」

と、十津川は、きいてみた。高品の反応を見てみたかったのだ。

「美人で、頭の切れる女性ですよ。生れは、四国です」

「あなたが、銀座で、和菓子店をやっていた時、彼女は、あなたの秘書をやっていたんですね」

十津川は、確かめるように、きく。

「そうですよ。遠い昔の話です」

「彼女のことを、愛していたんですか？」

「好きでしたよ」

と、高品は、言葉を変えた。

「彼女の方は、あなたに対して、どんな気持だったんでしょう？」

「それは、わかりません」

「しかし、秘書としてずっと、傍《そば》にいたんでしょう？　それなら、わかる筈だと思いますがね」

「わかりませんよ。別に、愛人だったわけじゃないんだから」

「しかし、周囲《まわり》の人たちは、愛人と見ていたんじゃありませんか？」

「他人の眼は、他人の眼です」

と、高品は、あくまで、そんないい方をする。

「彼女は、あなたのためなら、人殺しでも手伝うんじゃありませんか？」

「どうしても、彼女を、犯罪者にしたいんですか。いくら、刑事だって、そんな勝手は、許されないでしょう」

と、高品は、吐き捨てるようにいい、

「もう帰って貰えませんか。疲れているんです」

3

二人は、パトカーに戻った。

「高品は浮かない顔をしていましたね」

亀井が、ハンドルに手を置いた恰好《かっこう》で、十津川に、いう。

「そうだな。殺人を犯し、小柳ゆみとは、別れているんだから、当り前かも知れない」

「まだ、解決していないことがあるからじゃありませんか？　コンパニオンの永井みゆきに対する復讐は、出来たが、銀座の店に放火されたことへの復讐は、出来ていませんから」

と、亀井は、いった。

「犯人は、まだ、わからないんじゃないかな」

「かも知れませんが、もし、放火犯がわかれば、高品は、間違いなく、復讐に動くと思いますね。高品より先に、われわれが、放火犯を見つけられれば、彼の新しい殺人を防げますね」

「じゃあ、調べてみよう」

十津川は、いい、亀井は、パトカーを、走らせた。

警察署に寄り、浜崎という刑事から、銀座の和菓子屋の火事について聞くことにした。

「あれは、高品堂という和菓子の店で、三階建の店でした。人気もあって、繁盛していたんですが、二年前の三月一日、桃の節句の二日前に、火事になりました」

と、浜崎は、地図と、焼ける前の店の写真を見せながら、説明した。

「夜半で、三階で、社長の高品誠と、秘書の小柳ゆみの二人が、残って仕事をしていたところ、一階から出火したんです。乾燥しているのと、一階には、燃えやすい木の箱が、沢山あったので、あっという間に、燃え広がりましてね。三階にいた二人は、火傷《やけど》を負ったわけです。小柳ゆみの方が、ひどかったですね」

「火災原因は、調べたんだろう？」

十津川が、きく。

「消防署と合同で、調べました。社長の高品が、放火に違いないといいましてね」

「それで、放火の証拠は、見つかったのか？」

「見つかりませんでした」

「原因は、漏電ということになったみたいだな？」

「そうですが、漏電だという証拠もなかったんです。ただ、漏電ではないかということです」

「高品は、納得してないんだろう？」

「そうらしいですね。何回か、再調査してくれといって来ましたから」

「もし、放火だとしたら、誰がやったと、高品はいってるんだ？」

と、十津川がきいた。

「一番怪しいのは、永井みゆきという女だといっていました」

「永井みゆきか。理由は？」

「女の嫉妬《しっと》だそうです」

と、浜崎刑事が、いう。十津川は、高品の言葉を思い出した。

「高品の奥さんが病弱なので、永井みゆきが、彼の愛人になり、ゆくゆくは、後妻に入ろうとして、それを拒絶されたからということか？」

「そんな風に、高品は、いっていました。それで、小柳ゆみと、社長の高品の二人だけで、深夜まで働いているところを狙って、火をつけたのではないかと、いうのです」

「その時、永井みゆきという女について、少しは、調べたのか？」

「一応は、調べましたが、彼女には、アリバイがありました」

「どんなアリバイだ？」

「酒井法律事務所で、三月一日には、パーティがあり、永井みゆきも、他のコンパニオンと一緒に呼ばれて、十二時すぎまで、パーティ会場にいたというのです。

問題の火事は、一日の午後十一時に発生していますから、アリバイが、あるわけです。とにかく、酒井法律事務所の数人の弁護士の証言ですから、信じるより他はありませんでした」

「永井みゆきの他には、高品は、名前を、あげてなかったのか？」

と、亀井が、きいた。

「同じ和菓子店の名前をあげていました。新宿の大和菓子という店です」

「名前は、聞いたことがある」

「高品堂では、その頃、『山桜』という和菓子が人気があって、主力商品になっていたんですが、大和菓子でも、全く同じものを作って売っていたんです。名前も同じ『山桜』です。それで裁判になって、大和菓子の方が負けた。それを恨んで、大和菓子が、放火したのかも知れないといいました」

「それは、どうだったんだ？」

「大和菓子の人間が、放火したという証拠はありませんでした」

と、浜崎は、いった。

「その裁判だが、双方の弁護士が誰だったかわからないか？」

「そこまでは、調べませんでした」

と、浜崎は、いった。

十津川と、亀井は、その足で、新宿に廻った。

大和菓子本店は、東新宿のビルの一階にあった。大きな店である。二人は、店の中に入った。

ケースの中に、「山桜」と名付けた和菓子が、堂々と、売られていた。この店の主力商品らしく、数が多く、売れてもいる。

十津川は、店員の一人に、警察手帳を見せ、社長に会いたいと告げた。

社長の名前は、五十嵐泰三と、いった。社長室で、彼に会った。六十歳くらいで、恰幅《かっぷく》のいい男だった。

「警察の方が、何のご用ですか？」

と、眉《まゆ》をひそめて、きく。

「実は、山桜という和菓子なんですが」

「あれは、うちの主力商品で、よく売れてるんです。刑事さんも、おみやげに、いかがですか」

五十嵐は、笑っていう。

「あの菓子は、確か、高品堂でも同じものを売っていて、裁判になったんじゃありませんか？」

「まあ、そうですが」

「裁判では、おたくが、負けたんじゃなかったんですか？」

「まだ、負けたとは、思っていませんよ。うちの方が、古いことを証明して見せるつもりでいます。それに、高品堂さんが、店が、潰れて、和菓子を作るのを止《や》めてしまいましたからね。弁護士さんが、うちで、山桜を作っても構わないだろうと、いってくれたんです」

「弁護士さんというと――」

「酒井法律事務所です。うちの顧問弁護士にもなって貰っています」

と、五十嵐は、ニッコリした。

「山桜裁判ですが、こちらでは、酒井弁護士に、大金を払ったんでしょうね？　あの事務所は、優秀で、金がかかるという噂だから」

十津川が、おだてるようにいうと、五十嵐は、また、ニッコリして、

「そりゃあ、うちの商売の決め手になる和菓子の件ですからね。沢山お支払いしましたよ」

「だが、裁判に負けてしまった」

「ええ。でも、結局、こうして、うちの主力商品として、売れていますからね。感謝していますよ」

と、五十嵐は、相変らず、嬉《うれ》しそうに、微笑した。

4

「やっぱりだったたな」

と、十津川は、店を出たところで、亀井にいった。

「酒井法律事務所に、使われていた男が、いましたね」

「柏木明だよ。酒井が、毎月百万円を払っている男だ」

「彼を使って、二年前の三月一日夜、銀座の高品堂に放火したのかも知れませんね」

「十分、考えられるよ。酒井法律事務所が、民事裁判で、よく勝つといわれるのは、柏木という男を使って、裁判の相手方を、痛めつけているからかも知れない。高品堂の件が、そのいい例じゃないかな」

十津川は、ゆっくり頭を働かせながら、いった。

「こうなってくると、新宿の中央公園に私立探偵の桜井恵一の死体を運んだのは、この柏木と、小林恵子の二人だと思っていましたが、違ってきますね。酒井法律事務所とは対立する側の犯行ですから」

「多分、高品と、小柳ゆみの二人だと、私は思っているよ」

と、十津川は、いった。

高品は、かなりの身長がある。目撃したホームレスが、凸凹《でこぼこ》コンビに見えても、おかしくはなかった。

「これで、色分けが、出来てきましたね」

亀井が、いう。十津川も、その通りだと思った。

これまで、正直にいって、犯人に振り廻されて、事件全体が見えなかったといってもいい。それどころか、犯人を見誤って、間違った結論を出してきたといってもいい。

それが、ここへ来て、事件の全体像が見えてきた。

十津川は、二人の名前を、黒板に、書きつけた。

高品　誠
小柳ゆみ

この二人の名前だ。

高品は、父親から引き継いだ老舗の和菓子店を、守り、大きくして行った。その社長だった。主力商品は、「山桜」と名付けた和菓子だ。

四国生れで、美貌の小柳ゆみは、高品社長の秘書となっていた。二人の間に、男と女の関係があったかどうかは、わからないが、高品の妻が病弱だったことを考えれば、あったと考えるのが、妥当だろう。

二人は、それぞれに、幸福だったと思われる。二年前、小柳ゆみに出会った女友だちは、彼女が、幸福そうに見えたといっている。

しかし、その頃から、三人を、不幸が襲った。

大和菓子（社長の五十嵐）

酒井法律事務所（酒井久仁）

永井みゆき

この三人によって、もたらされた不幸だ。そのため、高品は、代々続いた銀座の和菓子店を失い、小柳ゆみは、背中に、大きなケロイドを背負うことになってしまった。

そして今、二人の復讐が始まった。

「問題は、高品の復讐が、何処まで、行くかだな」

と、十津川は、いった。

「永井みゆきは、殺されました。その犯人に、酒井久仁を仕立てようとしましたが、失敗したとみていいと思います。だから、このあと、直接、酒井久仁を、襲うかも知れません。それに、大和菓子の社長もです」

と、亀井は、いう。

「高品は、今、全てを失ったように見えるからね。何も怖くないんじゃないか」

十津川は、今の小さく、活気のない高品の店を思い出していた。彼は、あの店をやる気はないのではないか。

「小柳ゆみとの関係は、どうなんですかね？　高品は、別れて、今、何処にいるかも知らないといっていますが」

「永井みゆき殺しは、彼女も、一枚嚙《か》んでいるんだ。それを考えれば、別れて、居所もわからないというのは、信じられないね」

と、十津川は、いった。

「高品が、次に、酒井久仁を狙うかも知れないというのも問題ですが、今までに、何人もの人間が、殺されています。われわれが、木下と彼が見た女、小柳ゆみを追っている間に、二人の私立探偵と、ホステスの小林恵子、それに、木下と、田島も殺されました。彼等を殺したのは、高品だと思いますか？」

「カメさんは、どう思うんだ？」

「高品という男は、確かに、復讐の念に燃えていると思います。しかし、こんなに沢山の人間を殺せる男には、思えないのです」

と、亀井は、いった。

「じゃあ、誰が殺したと思うんだ？」

「その前に、永井みゆきが、殺された時、酒井久仁が、どうしただろうかと考えてみたんです。酒井にとって、永井みゆきは、仲間みたいなものです。一緒になって、高品誠を痛めつけた共犯ですからね。その永井みゆきが、殺されれば、酒井が、すぐ、平気でいられる筈はありません。それで、木下というカメラマンが容疑者になったが、すぐ、釈放された。それで、木下のことを調べたり、尾行したりしたに違いありません。われわれは、気付きませんでしたが。そして、木下は小柳ゆみを発見したんですが、酒井も、発見したと思いますね。彼は、前々から、小柳ゆみを、知っていたわけですから。すぐ、小柳ゆみが、永井みゆきの死に関係があると、気付いたと思います」

「大いに、あり得るね。当然、小柳ゆみの背後に、高品がいることも、察しがついたと思うね」

「これは、自分や、永井みゆきに対する復讐が始まったのだと、考えたと思います。だが、だからといって、高品や、小柳ゆみを殺すわけにはいかなかったんじゃありませんかね。昔のことが明るみに出てしまいます。銀座の火事のことも、再捜査になると、困りますからね」

「それで、どうしたかだな」

「今、いいましたように、酒井久仁は、永井みゆきを殺したのは、高品と、小柳ゆみだと気付いたんだと思います。だが、今、二人を殺せば、旧悪が、明るみに出る危険がある。そこで、高品と、小柳ゆみを、永井みゆき殺しの犯人として、警察に逮捕させようと、考えたのではないかと思います。そこで、木下を殺し、田島も殺した。そうなれば、いやでも警察は、高品誠と、小柳ゆみに、辿りつく。そう計算してです。もし、高品と、小柳ゆみが、大量殺人の犯人として、逮捕されれば、そんな兇悪犯人の話など、世間は、信用しないだろう。二年前の火事のことも、再調査にはならないだろうと、読んだんではないでしょうか？」

「木下と、田島を殺したのは、柏木明というわけか」

「柏木なら、平気で、人を殺せるんじゃありませんかね。何しろ、酒井に、月百万で、飼われている男ですから」

「二人の私立探偵と、ホステスの小林恵子のことはどう考えるね？　私立探偵を、傭《やと》ったのは、誰だと、思う？」

と、十津川は、きいた。

「私は、多分、塚本社長だと思います。警部も、そういわれた筈ですが。金銭面で、高品誠を、助けていたんだろうと」

「ホステスの小林恵子もか？」

「彼女は、酒井久仁を、永井みゆき殺しの犯人と思わせるような遺書を書いています。だから、酒井が、柏木に命じて、殺させたとは、考えられません。彼女も、多分、二人の私立探偵と同じだったと思います」

「同じというのは？」

「高品誠は、小柳ゆみを使って、永井みゆき殺しを、実行しました。その犯人に、女にだらしのないカメラマンの木下を仕立てあげました。こんな面倒なことをしたのは、自分たちがすぐ捕ったのでは、次の酒井久仁への復讐が出来なくなると、思ったからだと思います。永井みゆきを殺したあと、小柳ゆみを、塚本に預って貰ったんじゃないでしょうか。塚本は、私立探偵を傭って、彼女の身辺警護に当らせた。警察から、彼女を守るというより、酒井から守るためだったんだと思います。ところが、木下に見つかってしまった。そこで、一つの計画を立てたんです。小柳ゆみに似た顔のホステス小林恵子を、替玉に、仕立てあげるという計画です。しかも、彼女は、酒井久仁に頼まれて木下カメラマンを欺し、永井みゆき殺しに手を貸したという遺書を書く。書かしておいて、最初から殺すつもりだったか、それとも失踪させるつもりだったか、私にはわかりません。いずれにしろ、二人の私立探偵と、小林恵子は、高品や、小柳ゆみに味方する塚本が、傭った人間だと、私は、思います」

と、亀井は、いった。

亀井の推理は、納得させるものがあると、十津川は思った。

「これから、われわれが、しなければならないことが、多くなったな」

と、十津川は、いった。

「高品たちが、酒井久仁を殺すのを阻止しなければなりません」

「ここまで来ると、酒井の方も、柏木を使って、高品と小柳ゆみを、消そうとするかも知れないな」

「その危険もあります」

「それに、もう一度、塚本社長に会う必要もある」

と、十津川は、いった。

翌日、二人が、塚本製薬を訪ねようとしていると、ニュースが、入った。

塚本が、突然、社長を辞任したというニュースだった。

〈不可解な社長辞任〉

と、新聞は、書いていた。

七十歳だが、まだ元気で、会社の業績もあがっている。辞任しなければならない理由は、一つもないというのである。

塚本製薬に電話してみると、塚本は、今、箱根の別荘にいるという。十津川と亀井は、箱根に行ってみることにした。

箱根は、霧に包まれていた。春先の今頃、時々、箱根は、真っ白な霧に包まれることがある。

二人は、その霧の中を、用心しながら、パトカーを走らせて行った。途中、何度か、車を止めて、道を聞いた。

やっと、白樺林の中に、塚本の別荘を見つけて、車をとめた。

白い霧が、少しずつ晴れてゆく。

平家《ひらや》建ての、その別荘は、しんとしていた。十津川が、「塚本」の表札を確かめてから、ベルを鳴らした。

塚本本人が、ドアを開けてくれた。前に会ったときに比べて、急に、年を取った感じがした。

奥の部屋に案内された。塚本が、自分で、二人の刑事に、コーヒーをいれてくれた。

「引退されたそうですね」

十津川が、きくと、塚本は、微笑して、

「もう、年齢《とし》ですよ」

「それだけが、引退の理由ですか？」

「他に、理由はありません。年齢《とし》をとると、決断も鈍くなる。勇気もなくなる。

退《ひ》き時です」

「ここには、お一人でいらっしゃるんですか？」

と、十津川は、広い部屋の中を見廻した。

「ひとりです。その方が、気楽だから」

「今日伺ったのは、高品誠という人のことで、お聞きしたいことがありましてね。ご存知ですね？」

「もちろん、知っていますよ。私の親友の息子で、名付親になっています」

「彼が、今、どうしているかご存知ですか？」

十津川が、きくと、塚本は、苦笑して、

「刑事さんは、全部、知っていて、私に、質問しているんじゃありませんか？そんな気がしますがね」

と、いう。十津川も、自然と苦笑してしまった。

「実は、高品さんについて、いろいろと調べました。それが事実かどうか、確認したくて、今日は、伺ったのです」

「残念ですが、私も、だいぶ、もうろくしてしまって、よく忘れるのです。だから、引退したんですが」

「逆じゃないんですか？」

と、亀井が、いった。

「逆というのは、何のことです？」

「忘れるからではなくて、忘れたいことがあるので、引退したんじゃないかということです」

「まあ、長い人生を送ってくると、確かに、忘れたいこともありますがね」

と、塚本が、笑う。

「高品誠さんのことは、今でも、ご心配なんでしょう？」

十津川が、きいた。

「そりゃあねえ。彼の父親が死ぬとき、息子のことは、頼むといわれましたからね。だが、彼だって立派な大人だから、私が、助けたことは、ありませんよ」

「銀座の高品堂が全焼したときは、どう思われました？」

「大変だなと思いましたよ」

「それだけですか？」

「刑事さんは、私に、何をいわせたいのかな？」

「あの火事には、放火の疑いがあった」

「だが、警察は、漏電という結論を出したんですよ」

「そのあと、食中毒で、高品堂が、訴えられましたね」

「知っていますよ。誰も、高品に味方しなかった」

「そうです。そのため、高品堂は、倒産してしまった。病弱だった奥さんも亡くなった。高品誠さんを愛していた小柳ゆみさんは、背中に、大きなケロイドを作ってしまった」

「昔のことを、なぜ、私に、話すんですか？」

塚本は、咎《とが》めるように、十津川を、見つめた。

「高品さんや、小柳ゆみさんを、ここまで痛めつけたのは、酒井久仁弁護士と、永井みゆき、それと、ライバルの大和菓子です。去年、まず、永井みゆきが殺されました。そして、酒井久仁が、その犯人であるように見せかける作業が、行われています」

「私の知らないことですね。そういう生臭い話と、私は無縁です。何の力もなくなった、ただの老人です」

「全て、高品さんと、小柳ゆみさんによる復讐だと、われわれは、見ていますが、二人だけの力では、とても出来ないことも、起きているのです。われわれの見るところ、それに力を貸している人間がいる。高品さんの身近にです」

「私のことを、暗に、いっているように、聞こえるのだが」

「違いますか？」

「今もいったように、生臭い話とは、無縁の人間ですよ」

「われわれが、考えていることを、申し上げましょう。聞いて下さい。高品さんは、小柳ゆみさんと協力して、永井みゆきを殺した。犯人を、木下というカメラマンに仕立てあげたが、上手くいかなかった。それで、小柳ゆみさんを、隠さなければならなくなった。高品さんの四谷三丁目の小さな店にはとても、隠せない。それで、あなたが引き受けたんじゃありませんか？　外出する彼女には、私立探偵をつけて、ガードさせた。それだけではなく、警察と、木下カメラマンを欺すために、小柳ゆみさんに顔の似たホステスの小林恵子を見つけて来て、木下が見た女は、小林恵子と思わせる細工もした。その上、彼女には、酒井久仁に頼まれて、永井みゆきを殺す手伝いをしたという遺書まで書かせて、われわれ警察の捜査を間違った方向に、導こうとしたんじゃありませんか？」

十津川が喋《しゃべ》っている間、塚本は、ソファにもたれて、眼を閉じていた。そんな様子は、疲れ切った老人そのものに見えた。

十津川が、喋り終っても、塚本は、黙って、眼を閉じたままでいる。

「小林恵子を殺したのは、塚本さん、あなたですか？　二人の私立探偵を殺したのは、誰なんです？」

「私は、疲れました」

「小林恵子は、最初は、手紙を残して、失踪することになっていたんじゃありませんか？それが、上手くいかなくて、殺すことになってしまった。二人の私立探偵も、同じじゃなかったのかと、われわれは、思っています。違いますか？」

と、十津川はいった。

今度は、塚本は黙ってしまった。

「それとも、殺したのは、高品さんですか？」

「――――」

「われわれは、犯人を探すのが仕事です。引退されたあなたでも、見のがすことは、出来ません」

「あなたなら、そういうでしょうね」

「もう一つ、われわれは、これ以上の殺人は、どうしても、防がなければならないのです。放っておけば、高品さんと小柳ゆみさんは、次は、酒井久仁弁護士を狙うに、違いありません。現に、永井みゆき殺しを、酒井弁護士がやったと、われわれに、思わせようとしています。それが、上手くいかなければ、今度は、実際に、彼を狙うでしょう。その一方、酒井弁護士の方も、犯罪のプロみたいな男を使って、高品さんと、小柳ゆみさんを、殺そうとするでしょう」

「――――」

「小柳ゆみさんが、今、何処にいるか、ご存知ありませんか？」

「――――」

「ご存知でしたら、教えて下さい。今もいったように、これ以上の殺人事件は、阻止したいのです。彼女や、高品さんにも、もう人殺しは止めさせたいし、二人が殺されることも、防ぎたいのですよ」

「疲れた。少し眠りたいので、申しわけないが、帰って頂けないかな」

と、塚本は、いった。

「寝ている時じゃないでしょう！」

亀井が、怒鳴った。

だが、塚本は、また、眼を閉じてしまった。

「カメさん、今日は、これで、失敬しよう」

と、十津川は、亀井にいった。

5

帰りの箱根は、霧が晴れて、明るかった。

十津川は、パトカーの中から、西本と、日下に、電話をかけた。

「これから、箱根に来て、二人で、塚本の別荘を見張ってくれ」

と、彼は、いった。

亀井は、車を運転しながら、

「塚本が、何か隠していると思われるんですか？」

「前に見た時よりも、塚本は、ずいぶん、年取ったように見えた」

「私も、そう思いましたが――」

「その塚本が、ひとりで、あの別荘にいるとは、思えなかったんだ。部屋も、別荘の周囲も、きれいに、掃除されていた。塚本が、ひとりで、やったとは思えないから、誰か、手伝っている人間がいるんだよ」

「ひょっとして、それが、小柳ゆみではないかと思われるんですか？」

「高品の小さな店には、隠しておけないとすれば、塚本の所しか考えられないからね」

「では、塚本は、引退したといいながら、今でも、高品と、小柳ゆみを助けているということですかね？」

「そうだと思う」

「なぜ、塚本は、そこまで、高品たちを、助けようとするんですかね？」

亀井は、首をかしげる。

「高品の父親と、大学の同窓で、高品誠の名付親だよ」

「それは、わかっていますが、犯罪に加担してまで、助けるものですかね？」

亀井は、まだ、不審気だった。

途中で、西本と、日下のパトカーと、出会った。そこで、十津川は、改めて、西本たちに、指示を与えた。

「塚本の別荘に、小柳ゆみが隠れているかどうか、調べる。それが、君たちの仕事だ」

「もし、別荘に隠れていたら、どうしますか？　任意で、来て貰うようにしますか？」

と、西本が、きく。

「いや、いるかどうか確かめるだけでいい」

と、十津川は、いった。

捜査本部に戻ると、十津川は、刑事たちに、柏木明の行方を探すように命じた。

柏木の顔写真は、コピーして、刑事たちに持たせ、柏木が、親しくしている新宿のクラブ「ドリーム」のママ、足立ありさにも、監視をつけることにした。

これ以上の死者は、絶対に、出したくなかったのだ。

そうしておいて、今度は、酒井久仁に、会いに出かけた。こちらでわかったことを伝えて、圧力をかけるのが、目的だった。

酒井は、機嫌が悪かった。いらだっているように見えた。

十津川が、三年前の高品堂の深夜の火事について話し始めると、一層、表情が、険しくなった。

「高品堂の火事のことは覚えていますが、私にも、私の事務所にも、全く、関係がありませんよ。なぜ、私が、疑われるのか、心外ですね」

「別に、疑ってはいませんよ。ただ、高品堂と大和菓子との間の民事訴訟で、酒井さんは、大和菓子の側の弁護を引き受けていらっしゃいますね？」

「頼まれれば、弁護は、引き受けますよ。それが仕事ですから」

「火事のあと、今度は、高品堂が、販売した和菓子で、食中毒を起こしたと、訴えられた。訴えたのは、永井みゆきという女性でした。その時も、酒井さんは、彼女の弁護を引き受け、高品堂と、争っている」

「偶然ですよ」

「あなたは、負けることが嫌いだと、いつも、おっしゃっているらしい」

「弁護士なら、当然でしょう。それに、誰だって、勝てると思う弁護士に、弁護を頼みますからね」

「高品堂と、大和菓子の訴訟合戦では、あなたは、負けたそうですね」

「そりゃあ、負けることもありますよ」

それが、どうしたという顔だった。

「先日、大和菓子の五十嵐社長に会いましたよ。その話になったら、意外にニコニコしていましたよ。裁判のあと、高品堂が火事になり、食中毒事件も起きて、倒産して、結局、大和菓子の天下になった。それで、勝ったも同然だといっていましたね」

「偶然ですよ」

「柏木明という名前は、ご存知ですか？」

「そんな名前は、知りませんよ。なぜですか？」

「実は、匿名の手紙がありましてね、それに柏木明の名前があったのですよ。酒井法律事務所では、この男を使って――」

と、十津川が、いいかけると、酒井は、急に顔色を変えた。

「急用を思い出したので、今日は、これで、帰って頂けませんか。申しわけありませんが」

酒井は、椅子から立ち上り、自分から、部屋を出て行ってしまった。

亀井が、それを見送って、

「どうしたんですかね？　やたらと、あわてていましたが」

「柏木明の件で、内部に、裏切者がいると、思ったからじゃないか。それで、あわてたんだろう」

と、十津川は、いった。

第七章　終焉への疾走

1

何かが、急激に動き出そうとしている。

いや、何かというあいまいなものではなく、これからは、具体的に、人間が、動き出すだろう。

高品と、小柳ゆみの二人は、酒井久仁に対して、最後の復讐を、遂げようとするに違いない。

一方、酒井久仁の方は、あらゆる力を使って、逆に、高品と、小柳ゆみを、消そうとするだろう。

あらゆる力の中には、彼の法律事務所の若い弁護士たちもいるし、月百万で、飼っている柏木明がいる。

高品側には、引退した塚本製薬社長がついていると見ていいだろう。

最後の殺し合いは、何としてでも、防がなければならない。防いでおいて、正義によって、過去を裁かなければと、十津川は、考えていた。

十津川は、高品誠と、小柳ゆみに、強い影響力を持つと思われる塚本に、まず、協力を求めようと思った。

亀井たちに、他の人間たちの監視を頼んでおいて、十津川は、ひとりで、箱根の別荘に、もう一度、塚本を訪ねた。

箱根の春は、更に、深くなっていた。

間もなく、桜が咲き出すだろうが、今日は、冷気が周囲を包んでいる。

塚本は、相変らず、ひっそりと、別荘で、暮していた。

十津川を迎えると、呆《あき》れたように、

「本庁の刑事さんが、どうして、こう、しばしば世捨人の私なんかに会いに来るんですかな？」

と、いった。

それでも、彼は、自分で、十津川のために、コーヒーをいれてくれる。

「あなたが、世捨人でないから、こうして、会いに来るのです」

と、十津川は、いった。

「私が？　もう、社長を辞任して、こうして、ひっそりと、暮しているんです。野心もなければ、会社へ復帰する気もありません。経済団体の理事も、やめました。その他のもろもろの役員もね。今の私には、何の肩書きもありません」

「あなたが、塚本製薬の社長を辞められた理由は、わかっています。あなたは、高品誠を、助けている。そのことが、会社の迷惑となってはまずいので、社長を退いたんでしょう。これで、個人として、高品を助けることが出来る。そう考えておられるんじゃありませんか？」

十津川は、塚本の顔を、まっすぐに見つめて、いった。

塚本の表情は、全く、変らなかった。そこに、七十歳の重みを、感じないわけにはいかなかった。

「十津川さんは、何か、私が、とんでもないことを企んでいるみたいにいわれるが、社長を辞めた私には、何の力もありませんよ」

　塚本は、笑って、いう。

　十津川は、小さく首を横に振った。

「あなたと、高品誠との間の深いつながりについては、よくわかっているんです。あなたと、高品の父親とは、親友だった。その親友が亡くなったとき、息子の誠のことを頼むといわれたんでしょう？　その上、あなたは、高品誠の名付親だ。高品が、酒井久仁や、永井みゆきたちのために、ひどい目にあったことも、知っている。高品誠を守ってやれなかったことに、責任を感じているんじゃありませんか？　だから、高品のために、力を貸してやりたいと思っている。高品や小柳ゆみが、たとえ、復讐を考えたとしても、それに力を貸したいと思っている。今もです。そうじゃありませんか？」

「何をいわれているのか、全く、わかりませんね」

　塚本は、落ち着き払って、いった。

「今日は、いないのですか？」

　十津川は、急に、話題を変えた。

塚本は、瞬間、狼狽《ろうばい》の表情を見せて、

「何のことです？」

「小柳ゆみのことですよ。前回、お訪ねしたとき、この別荘に、彼女がいたことは、わかっているんです。どうやら、今日は、いないようですね。何処かに、彼女を隠したんですか？」

「今日は、何をしに見えたんですかね？　何を、私にいいにみえたんですかね？」

塚本は、また、落ち着いた眼になって、きいた。

十津川は、改めて、塚本の顔を見た。何とかして、この、頑固そうな老人を、説得しなければならなかったからである。

「これから、恐しいことが始まりそうな予感がしているのです。殺し合いです。われわれとしては、何としても、それを、防がなければならないのです。そのためには、あなたの助けが、必要なのですよ」

「今もいったように、私は、もう、社長じゃない。何の力もありません」

「謙遜は、止《や》めて下さい。あなたは、まだ、十分に力を持っているし、特に、高品誠に対して、強い影響力を持っていらっしゃる」

と、十津川は、いった。

「いや。私は、誰も、自分のいう通りにしたいとは、思っていませんよ。高品君は、確かに、私の親友の一人息子だし、私が名付親です。しかし、彼は、もう、大人です。私が、もし、何かいっても、いうことは、聞きませんよ」

塚本が、いい返す。

「しかし、高品誠に頼まれて、小柳ゆみを守るために、私立探偵を傭《やと》ったのは、あなたでしょう？　それも、二人もね。高品は、その一人を利用して、殺人の疑いを、酒井久仁に向けさせた。その後、高品は、小林恵子を、自殺に見せかけて殺している」

「それなら、なぜ、高品君を、逮捕しないのですか？」

と、塚本が、きく。

十津川は、苦笑して、

「証拠がありません。それに、あなたが、彼のアリバイを証言する」

「私が――？」

「そうです。あなたが、証言する。あなたは、さっきもいったように、親友の息子の高品が、苦しんでいるとき、助けてあげられなかったことに、心の呵責《かしゃく》を感じている。だから、今は、彼のために、どんなことでもしてやりたいと思っている。絶対に、彼のアリバイを証言する。大金を使って、証人を作り出すことだってやりかねない。そうじゃありませんか？」

「私は、彼のために、何でもしてあげたいと思ってはいますよ」

塚本は、はっきりと、いった。

2

「だから、高品を、逮捕できないんです。推理だけでは無理です」

十津川は、小さく、肩をすくめた。

「それなら、高品君のことは、放っておいてあげて下さい」

と、塚本は、いった。

「私は、刑事です。殺人は、放っておけませんよ」

「まだ、殺人をやるかどうか、わからないでしょう？」

「いや、わかっています。彼は、すでに、永井みゆきを殺しているんです。酒井久仁は、もっと、憎い筈《はず》です」

「十津川さん。私は、この頃、よく考えることがあるんですよ」

「どういうことですか？」

「昔、封建時代には、仇討ちが、公認されていた。ある家の主人が殺されたら、息子か、妻が、仇を討つことが、許された。その頃の法の方が、今の法より、合理的なんじゃないか。人を納得させる力があるんじゃないかと、思うのですよ」

「仇討ちというから、美しいが、私刑《リンチ》ですよ」

「逆にもいえるでしょう。私刑というが、これは、仇討ちなんだと。妻が殺されたのに、犯人が、七、八年の刑では、夫は、絶対に、納得できないでしょう。それなら、夫に、仇討ちをさせた方がいい。私の友人に、孫を、暴走族に殺された男がいる。可愛い孫ですよ。しかし、相手は、全員未成年だということで、少年院送りでしかなかった。どうして、昔のように、仇討ちが許されないんだと、彼は、怒っていますよ」

「しかし、法は、守らなければならないし、私たち警察官は、その法を守らせるのが仕事です」

「守らなければ――？」

「逮捕します」

「私は、もう、七十歳だし、会社は、もう息子にゆだねてしまって、怖いものはない」

「困りますね。あなたが、そんなことをいわれては」

十津川は、思わず、険しい表情になった。塚本は、急に、笑顔になって、

「私の気持は、気持で、何もやりはしませんよ。何回もいいますが、こんな老人に、いったい何が出来ますか」

と、いった。

十津川は、その笑顔で、なおさら不安になってきた。

「とにかく、何もしないで下さい。それだけを、頼みに来たのです」

と、十津川は、いった。

「何も出来ませんよ」

「本当に、そうなら、いいんですがね。高品誠は、あなたを、心の支えにしてい

るかも知れない。あなたが、自分の味方だと思えば、勇気凛々になって、仇討ちに、突進するかも知れません」

「私には、高品君を、止める力はありませんよ。それに、止める気もありません」

と、塚本は、いった。

それを、十津川は、宣戦布告のように聞いた。

この老人は、表面的には、十津川に約束したように、何もしないかも知れない。自分で、動くことは、しないだろう。

だが、彼には、金がある。コネもある。それを、存分に使って、高品を、助けるのではないか。いや、すでに、この別荘に、じっと動かずにいて、高品を助けているのかも知れない。

「あなたは、高品に、まだ、人殺しをさせたいのですか?」

と、十津川は、きいた。

「私は、ただ、彼にやりたいように、やらせたいだけですよ。けしかけもしないし、止めもしません」

それが、塚本の答えだった。

塚本は、続けて、こうもいった。

「今、十津川さんは、私に、高品に、まだ、人殺しをさせたいのかと、聞かれましたね？」

「ええ。聞きました」

「その質問は、ナンセンスですよ」

「どうナンセンスなんですか？」

「似たような質問で、刑事さんは、よく、そんなことをして死んだ人が、喜ぶと思いますかと、聞くことがある。これも、私の知っている男だが、奥さんが、チンピラにレイプされて、そのあげくに、自殺してしまった。が、このチンピラは、刑務所に送られることもなかった。レイプは親告罪だからね。男は、そこで、猟銃を持ち出して、チンピラを殺そうとした。その時、刑事が、いったんですよ。そんなことをして、死んだ奥さんが、喜ぶと思いますかとね。喜ぶに決っているじゃありませんか。彼女は、自殺したんです。どんなに口惜《くや》しかったか。夫が、その仇を討ってやれば、喜ぶに決っているんです。結局、彼は、猟銃で、チンピラを射殺しましたよ」

「それと、同じことだというのですか?」

「高品君が、どんなに、苦しんだか、他人には、わかりません。相手を殺さなければ、どうしても、その苦しさ、口惜しさが癒やされないのなら、それをやめろとは、いえませんよ。私にも、誰にもです」

「参りましたね」

十津川は、塚本を説得することに、絶望した。

「私自身が、刃物を振り廻したりしないから、安心なさい」

と、最後に、塚本は、いった。

3

捜査本部に戻ると、十津川は、亀井に、

「塚本は、止められなかったよ」

「それなら、彼を、監視しましょう。二人の刑事に、交代で見張らせればいいでしょう」

と、亀井は、いう。

「無理だよ」

「どうしてです？」

「塚本は、箱根の別荘から動かないさ。だが、電話だって、FAXだって、パソコンのインターネットだって、連絡や、指示を出すことが出来るんだ。それに、彼は、ただ好きだというだけで、雑誌に、毎月一千万円も、援助していた男だよ。高品のためなら、いくらだって、援助するだろう。その金だって、今は、電話一本で、彼の預金から、高品の口座に、移すことが可能だ」

「それで、塚本は、高品たちを助けると、いったんですか？」

「正面切ってはいわなかったが、私に、宣戦布告してきたよ」

「参りましたね」

「他の動きは、どうなんだ？」

と、十津川が、きいた。

「酒井久仁も、高品も、どちらも、これといった動きは、見せていません。しかし、酒井の方の柏木と、高品の方の小柳ゆみは、どちらも、いぜんとして、行方がつかめません」

亀井が、難しい顔で、いう。

「その小柳ゆみだがね、今日は、塚本の別荘には、いなかったよ」

「そうですか。完全な行方不明ですか」

「そうだ。もう一つ、私立探偵のことがある」

「死んだ二人の私立探偵のことですか？」

「あれは、どう考えても、塚本が、高品や小柳ゆみのために、傭った男たちだよ。また、塚本が、金にあかせて、私立探偵を傭い、高品たちのために、働かせていることは、十分に考えられる」

十津川は、確信を持って、いった。

「その私立探偵に、殺しを手伝わせるということですか？」

「直接、殺しを手伝わせたりはしないだろう。私立探偵の方だって、金のために簡単に、殺しまで引き受けるとは思えないよ。ただ、酒井久仁の動きを調べて、高品たちに教えることぐらいは、やるだろうと、思っているんだ」

「東京中の私立探偵のことも、調べなければいけませんね」

亀井は、溜息《ためいき》をついた。

「面倒だろうが、調べてくれ。大きな私立探偵事務所には、頼まないだろう。小さい事務所か、一匹狼の私立探偵を、傭った筈だ」

「やってみましょう」

と、亀井は、いった。

刑事たちが、都内の私立探偵を、片っ端から、調べあげていった。

亀井のいう通り、難しい作業だった。私立探偵の側が、依頼人のことを、もともと、喋《しゃべ》ろうとしないからだ。

それに対しては、殺人事件の捜査だから、協力してくれるように頼み、非協力を続けるなら、捜査妨害で、逮捕すると、脅した。

その結果、藤原という私立探偵が、塚本から、頼まれたと、証言した。

新橋に、事務所のある個人営業の私立探偵である。

東北で、警察官をしていたことがあるという三十九歳の男で、二年前から、新橋の雑居ビルで、私立探偵の看板を出していた。

「塚本さんが、新宿のホテルに泊って、そこに、呼ばれたんです。ぜひやって貰いたいことがあるといわれて、大金を約束されました。私は、法律に触れるような、危い仕事は、断わるといいましたよ。いくら金を積まれても、人殺しは、ごめんですからね。そうしたら、三つの調査を頼まれました。その中の一つをやってくれればいいというのです」

と、藤原は、いった。

「その三つとは、何です？」

と、十津川は、いった。

「一つは、弁護士の酒井久仁と、その事務所の人間について、不正を働いていないかを調べ、監視すること。第二は、この酒井久仁に使われている柏木明という男について、その行方を調べ、見つけ出して監視すること。第三は、東新宿にある大和菓子本店について、社長の五十嵐泰三のことを詳しく調べること。この三つの中《うち》、どれか一つを、やって欲しいといわれたんです。私は、前に、酒井法律事務所から、民事事件の相手方の調査を頼まれたことがあったので、第一の調査を引き受けることにしましたよ」

「それは、いつ頃のことですか?」

「半年くらい前でしたね。その後、調査して、わかったことを、調査報告書にして、毎月一度、塚本さんに送って来ました。その度に、百万円を支払われました」

「すると、他の二つのことを調査している私立探偵が、いるということですね?」

と、十津川は、きいた。

「いると思いますよ。塚本さんは、いくらでも、金を使う気でいるようでしたから」

「何処の誰が、その調査をやっているか、あなたわかりませんか?」

と、十津川はきいた。

藤原は、当惑した顔になって、

「わかりません。塚本さんは、私に、この調査依頼のことは、外部に洩らさないで欲しいと、いっていましたからね。私は、何人かの同業者に聞いたんですが、塚本さんから、依頼があったという答はありませんでした。あっても、否定しているのかも知れませんね」

「あなたは、半年前に、酒井法律事務所について調べてくれといわれ、毎月一回、調査報告書を、塚本さんに渡していたといいましたね？」

「それが私の仕事ですから」

「すると、六回、調査報告書を作ったことになる？」

「ええ」

「控えはとってあるんでしょう？」

「どの私立探偵でも、調査報告書の控えは、取りますよ」

「それを、見せてくれませんか」

十津川が、いうと、藤原は、また、当惑した顔になって、

「困りましたね。私は、塚本さんと契約したし、その調査費用も、報酬も貰っているんです。それなのに、塚本さん以外の人に見せるというのは、契約違反になりますよ」

「殺人事件を防ぎたいのですがね」

「しかし、私が調べたことが、殺人事件を防ぐ力になるとは、とても、思えませんがね」

「あなたが調べたのは多分、酒井法律事務所の不正行為についてなんでしょう？」

「しかし、民事ですよ。全て」

と、藤原は、いう。

「それでも、新たな殺人事件を防げるかも知れないんです」

十津川は、声を励ますようにして、いった。

「どうして、そうなるのか、教えてくれませんか。そうでないと、警察に、協力は、出来ませんよ」

と、藤原が、いった。

亀井が、我慢しきれなくなったように、

「令状を用意して、あんたの調査報告書の控えを強制的に見ることだって、出来るんだよ」

「それなら、令状を、持って来てくださいよ」

藤原が、負けずに、いい返す。

十津川は、亀井を手で制して、藤原に向け、

「正直に話しましょう。酒井久仁法律事務所に、痛めつけられた人間がいるので

す。男と女です。その二人が、今、酒井法律事務所にというか、酒井久仁に、復讐しようとしているんです。それも、殺人をもってですよ。それを何とかして、防ぎたいのです」

「それで――？」

「もし、酒井法律事務所を、叩き潰《つぶ》せる証拠が見つかったとすれば、今、いった男女は、酒井久仁を殺さずに、我慢し、満足してくれるかも知れないのですよ」

「何という人ですか？」

と、藤原は、きいた。

「それは、いえません。今、捜査中の事件の関係者ですから」

「それでは、私も、調査報告書の控えは、見せられませんね」

「警察には、協力できないというのかね？」

また、亀井が、声を荒らげた。が、藤原は、

「とにかく、塚本さんに、依頼されて、調べたことですから、彼に聞いてみます。塚本さんが、いいといえば、お話ししますし、控えも、お見せしますよ」

「塚本さんは、多分、ノーというでしょうね」

と、十津川は、いった。

「それなら、お見せ出来ませんね」

「じゃあ、令状を貰ってくるぞ」

亀井が、いう。

「どうぞ、令状を貰って来て下さい」

「カメさん。今日は、諦めて、帰ろう。藤原さんのいうことも、もっともなんだ」

と、十津川は、いった。

4

二人は、パトカーに戻った。亀井は、まだ、腹を立てていたが、十津川は満足の表情をしていた。

「彼も、最大限の協力はしてくれたんだよ」

「そうでしょうか」

「塚本から、何を頼まれたかも話してくれたし、他に、二つのことを、塚本が、他の私立探偵に頼んでいるらしいことも、話してくれたじゃないか」

と、十津川は、いった。

「塚本は、何をする気なんでしょうかね？」

「彼は、すでに、小柳ゆみを守るために、私立探偵を傭い、また、小林恵子というホステスを使って、高品が、酒井久仁を、犯人に仕立てようとしたことも、了承していたと思うのだ。だから、夜行列車の中で、永井みゆきを殺したのが、高品と、小柳ゆみであることにも、気付いていたと思う」

「それなら、何故二人に自首をすすめないんですかね？　いい年をして、けしかけているんでしょうか？」

「けしかけてはいないだろうが、塚本には、高品と、小柳ゆみを助けられなかったという、ひけ目があるんだと思う。死んだ高品の父親に、息子のことを頼むといわれたのにだよ。私が、ひとりで、箱根で塚本に会った時も、彼は、そういっていたし、高品が、復讐するのを、止めることは、出来ないと、いっていた」

「それでは、酒井久仁や、彼の事務所のことを調べて、どうする気なんですかね？　酒井に対する復讐を止めさせるために、調べてるんじゃないんでしょうか？」

亀井が眉を寄せて、きく。

「ないだろう。ただ、塚本は、高品と、小柳ゆみが、復讐に失敗した時のことを考えているんじゃないかな」

「どんな風にですか？」

「老人の彼には、酒井久仁を殺す力はない。だから、もし高品たちの復讐が失敗した時には、酒井を社会的に叩き潰す証拠を、必死になって、集めているんだと思うね。それに、大和菓子店のこともね」

「それでは、塚本も、われわれに、集めた知識を、教えてくれるとは思えませんね」

亀井が、腹立たしげに、いった。

「ああ。協力することはないと思った方がいいだろうね」

と、十津川は、いった。

「酒井のために働いている柏木明の行方と、行動も、塚本は、調べさせているといっていましたね」

「当然だろう」

「調べて、高品たちに、知らせる気ですかね？」

「ああ。そうだと思う」

「その面では、われわれと、競争になりますね」

「酒井久仁ともだ。彼だって、自分に、危険が迫っているのを知っているだろうし、相手は、高品と、小柳ゆみだと、気付いている。当然、やられる前に先手を打つ気でいる筈だよ」

「そうだとすると、酒井より先に、われわれが手を打つ必要がありますね」

「そうだ」

「酒井久仁と、高品の二人は、居所がわかっていますから、逮捕できませんか。そうすれば、少くとも、殺し合いは防げます」

亀井がいう。十津川は、小さく、手を横に振った。

「二人の殺しは、証拠がないんだ。酒井は、自分で殺人に手を染めたとは思えないし、高品にも証拠がない。それに、高品を逮捕すれば、塚本は、いくら金を使ってでも、彼のアリバイを証明しようとするだろう」

と、十津川は、いった。心情的にも、高品だけを、逮捕したくもなかった。

「じゃあ、どうすればいいんですか？」

「出来ることは、一つしかないんだ。殺し合いが始まった時に、二人を逮捕することだよ」

「いつ、それが始まると、お考えですか？」

「わからないね。明日、始まるかも知れないし、一週間後かも知れない」

十津川は、正直にいって、自信がなかった。

高品と、小柳ゆみは、すでに、永井みゆきを、殺している。それで弾みがついている筈だし、二人の最終目的は、酒井久仁と、彼の事務所に違いなかった。

永井みゆきを殺したことで、満足している筈はない。

一方、酒井久仁の方も、高品たちが、最終的に、自分を狙っていると、知っているに違いなかった。

それに、対抗して、柏木明を使って、まず小柳ゆみを殺そうとした。

だが、塚本が、彼女のガードにつけた私立探偵のためにうまくいかず、その私立探偵を殺してしまった。

今後は、酒井は、高品と、小柳ゆみを殺すことに、全力をあげるだろう。この二人が、自分を狙っていることを、知っているからだ。

問題は、この両者の戦いに、警察が、どう対応し、何が出来るかということである。

塚本の作った私立探偵たちの網は、どうなっているのかも、十津川は、知りたかった。どれだけ、大きな網なのか。すでに柏木明を、見つけ出しているのだろうか。

捜査本部は、緊張し、同時に、刑事たちは、眼と耳をそばだてていた。

二日、三日とたつが、高品も、酒井久仁も動かない。

柏木明は、見つからなかったし、小柳ゆみの行方もわからないままだった。

そんな時、十津川に、電話が入った。

「藤原です」

と、いう男の声で、十津川は、警官上りの私立探偵の顔を思い出した。

電話してくれる気になったらと、十津川は、彼の携帯電話の番号を書いたメモを渡しておいたのだ。

「十津川です」

と、いうと、藤原は、

「殺人を回避したいといわれましたね？」

と、きく。

「その通りです」

「その役に立つかどうかわかりませんが、神田に、戸倉という私立探偵がいます。私と同じ警官出身で、塚本さんに頼まれて、働いている人間です。彼が、何をやっているか、詳しいことはわかりませんが、訪ねてみたら、どうですか」

と、藤原は、いった。

十津川は、礼をいい、すぐ、亀井と神田に向って、パトカーを飛ばした。

ＪＲ神田駅近くの雑居ビルの中の事務所だ。戸倉は、そこの社長で、二人の部下を使っていた。

五十前後の戸倉は、十津川たちの来訪に、戸惑いの色を見せながら、

「藤原が、いったんですね」

「われわれとしては、殺人《ころし》を防ぎたいのです。そのために、あなたが今、調べていることを、教えて貰いたいのです」

と、十津川は、いった。

「うちで調べていることは、そんな物騒なことじゃありませんよ」

「しかし、それが、殺人に繋《つな》がるんです」

「人探しがですか？」

「柏木明という男を、探してくれと、塚本製薬の元社長に、頼まれたんですね？」

十津川が、いうと、戸倉は、眼を大きく見開いて、

「よくわかりますね」

「関連している事件を調べているからです。すでに、殺人事件が、起きているんですが、今、また新しい殺人が、起きようとしているんです。それを、何としてでも防ぎたい」

「柏木明という男が、殺人犯だということですか？　それなら、何故、逮捕しないんですか？」

戸倉は、咎《とが》めるような眼で、十津川を見つめた。

「証拠不十分でね」

亀井が、ぶぜんとした顔で、いった。

「それじゃあ、居所がわかっても、警察には、どうしようもないんじゃありませんか」

「柏木は、ある男に頼まれて、これから、殺人をやる可能性が強いのです。彼の居所がわかれば、見張っていて、殺人をやる寸前、逮捕することが出来ます」

「うちを傭っているのは、塚本さんですからねえ」

「よくわかっています。しかし、塚本さんにだって、殺人を、押し進める権利はない筈です」

と、十津川は、いった。

「弱ったな」

と、戸倉は、考え込んでいる。

「あなたも、昔、警察官だったと聞きました。それなら、未然に、殺人は、防ぎたい筈だし、殺人が、起きるとわかっていて、手をこまねいていることは、出来ない筈ですよ」

十津川は、必死に、説得した。

「参りましたね。単なる人探しだと思って、引き受けたんですがね」

「柏木明は、見つかったんですか？」

「やっと見つけて、今、うちの探偵二人に、監視させています」

と、戸倉は、いった。

「どうやって、見つけたんです？　正直にいうと、刑事たちが、必死で探したが、行方が、わからなかったのに、どうして、おたくが三人で見つけられたのか、不思議ですね」

十津川が、いうと、戸倉は、笑って、

「それは、うちが、民間人だからですよ。警察は、捜査方法も、法律で規制されるが、うちは自由ですからね。危険な世界の人間も、金で買収するし、盗聴もする。失礼だが、そんな真似は、十津川さんたちには、出来ないでしょう」

「それで、今、柏木は、何処にいるんですか？」

「今は、わかりません。二日前まで、K組の組長の伊豆の別荘に潜んでいたんです。今は、うちの探偵の監視下にいます」

「K組の組長の別荘ね。どうやって、見つけたんです？」

「塚本さんから、柏木は、酒井久仁法律事務所の下で働いていると聞きましてね。酒井のところの電話を、全て、盗聴したんですよ」

「盗聴って、その方法は？」

十津川が、きくと、戸倉は、笑って、

「方法は、いえませんよ。うちの事務所の特技の一つだし、売り物ですからね」

「それで、K組の組長の別荘にいることがわかった？」

「そうです」

「今は、その別荘から、離れているんですね？」

「出ています」

「どう動いているか、教えて貰いたい。何度もいいますが、殺人を防ぐためです」

「私は、塚本さんから、大金を貰って、この仕事を引き受けたんです。それを裏切ることは出来ませんよ。契約したわけですから」

「それなら、塚本さんに、報告して下さい。ただし、われわれ、警察にも、教えて欲しいのです」

　と、十津川は、いった。

「同時にですか？」

「そうです」

「塚本さんに、不利になるようなことは、ないでしょうね？」

　と、戸倉は、きいた。

「新たな殺人事件が起きたら、われわれは、塚本さんも、殺人の共犯として、逮捕しなければならないのです。殺人が防げれば、その危惧《きぐ》は、なくなります」

　と、十津川は、いった。

　戸倉は、携帯電話を取り出すと、ボタンを押して、

「田原か。おれだ。今、何処にいる？」

「市ヶ谷です。ビジネスホテルを見張っています」

「そこに、柏木がいるのか？」

「昨日から、入っています」

「入ったままか？」

「昨日の夜、チンピラ風の男が二人、入って行きました。柏木を訪ねてきたものと思います」

「チンピラ風だけじゃわからないな。写真は、撮ったか？」

「デジカメで撮り、指示どおり、塚本さんのパソコンに送ってあります。もちろん、柏木が、市ヶ谷のビジネスホテルに泊っていることも、知らせました」

「市ヶ谷だな」

「駅から歩いて十五、六分のホテルです」

「これで、いいですか？」

と、戸倉は、十津川を見た。

「チンピラ二人の顔写真も、貰いたいですね」

「うちのパソコンにも、送って来ている筈ですよ」

と、戸倉は、いった。

彼のいう通り、奥の部屋のパソコンに、男二人の顔写真が入っていた。

十津川は、それを、プリントして貰って、事務所を出た。

「急ごう」

と、十津川は亀井に、いった。

「そうですね。確か、高品は、今、四谷の裏通りで小さな和菓子店をやってるんでしたね」

「そうだ。市ヶ谷の近くだ」

と、十津川は、いった。

パトカーに滑り込むと、十津川は、部下の刑事たちに、四谷に集るように命じた。

事態が、切迫している気がした。柏木が、四谷に近い市ヶ谷のビジネスホテルに入り、しかも、チンピラ風の男二人を、呼び寄せたのは、酒井久仁の指示だろう。

一方、高品には、塚本から、柏木と、チンピラ二人の動きが、知らされている筈だった。

高品は、それを知って、どう動く気だろう？　それに、小柳ゆみの動きも気になるが、彼女が、今、何処にいるのか、わからなかった。

柏木が呼んだ二人のチンピラの身元は、捜査四課に照会して、すぐ、わかった。

新宿を縄張りにしているK組の構成員で、二十五歳の目加田一男と、三十歳の中川清の二人である。

このことを、十津川に教えてくれた捜査四課の新治警部は、十津川に向って、

「この二人が、君の方の事件に、何か、関係しているのか？」

「柏木明という男との関係を知りたい。柏木が関係がなければ、酒井久仁という弁護士との関係でもいい」

「酒井法律事務所なら、関係があるよ」

「それを教えてくれ」

「K組の組長が、十年前、不動産の売買で、訴えられた時、その弁護に当ったのが酒井法律事務所だ。その他、K組の人間が、関係したいくつかの事件で、酒井法律事務所は、弁護を引き受けている。柏木明とも、そのときからの、つながりだろう。K組が、今、いった関係で、構成員二人に、助けに行けと、指示したのかも知れない」

「そういう関係か」

「それから、目加田と、中川は、なぜか、最近、K組を破門されて、今は、K組

の人間ではないことになっている」

　と、新治は、いった。

「この二人には、どんな前科があるんだ？」

「目加田は傷害、中川の方は、傷害致死。どちらも、典型的なチンピラだよ。無鉄砲だが、そんなに、大きなことは、出来そうもない。ただ、弾みで、簡単に、人殺しは、やりそうだ」

「それを必要だと考えた人間が、いたらしい」

　と、十津川は、いった。

「殺人か？」

「大金を貰えば、人殺しくらい引き受けそうな男か？」

「やるだろうね。中川の傷害致死は、ある夫婦の奥さんに頼まれて、保険金をかけた旦那を痛めつけたんだが、それが、弾みで、殺してしまったという事件だ。二十歳の時に、この事件を起こしている」

　と、新治は、いった。

「わかった」

と、十津川は、いった。

柏木は、高品と小柳ゆみの二人を、消すのに、適当な人間二人を、K組から調達したのだろう。

「この三人にやらせるつもりで、酒井久仁本人は、動かないと思いますね」

と、亀井が、いった。

「そうだろうな。自分は、手を汚さない気だ」

「高品たちの方は、どうする気ですかね？　塚本の協力で、高品も、柏木が、市ヶ谷のビジネスホテルにいることは、知っているんじゃありませんか。それに、K組のチンピラ二人が、柏木明を助けようとしていることも、気付いているのじゃありませんか。何しろ、塚本は、金にあかせて、私立探偵を傭って、情報を集めているでしょうからね」

「その情報に従って、どう行動する気なのかな？」

十津川は、亀井と、東京の地図に、見入った。

だが、すぐ、地図をたたんでしまった。事件は、地図の上で起きるわけではないからだ。それに、机上のゲームでもない。

突然、電話が入った。

あわてた西本刑事の声が、

「今、高品が、車にはねられました。新宿通りを歩いている最中、猛スピードで後方から来た車に、はねられたんです。彼はすぐ、救急車で、S病院に運ばれました」

「尾行してたんじゃないのか？」

十津川の声も、思わず、大きくなる。

「日下刑事と尾行中でした。高品が、道路を横断しようとしたところを、はねられたんです」

「はねた車は？」

「白のシーマで、ナンバーは覚えていますので、手配しました」

「高品は、なぜ、新宿通りを歩いていたんだ？」

「わかりません。四谷から、新宿に向って、歩いていました。横断歩道でない所を渡ろうとしたので、危いなと思ったんですが」

「君たちは、すぐ、S病院へ行ってくれ」

と、十津川は、いった。

意外な展開だった。

高品が、どう、酒井久仁を狙うかと、それを考えていたのに、いきなり、車にはねられてしまった。

「わからないな」

と、十津川は、呟《つぶや》いた。

「そうですね。あまりにも、不用心すぎますよ。塚本から、忠告がいっていたと思うのです。酒井久仁や、柏木明が、何をしているかの情報も、貰っていた筈です。ぶらぶら、道路を横切ったりすれば、狙われるのは、当然です」

亀井も、いう。

「カメさん？　狙ったのは、柏木と思うか？」

「柏木か、彼に命令された例の二人のチンピラでしょう」

と、亀井は、腹立たしげにいった。十津川も、亀井も、高品や、小柳ゆみの方に、同情していたからだ。

一時間後に、問題の白いシーマが、新宿二丁目で見つかった。

案の定、盗難車だった。

更に、その一時間後、S病院から、西本が、電話してきた。

「今、手術中に、高品が、死亡しました」

5

翌日の夕刻。

調布市深大寺にやって来たカップルが、桜の巨木に、ぶら下って、死んでいる若い女を発見し、驚いて、警察に届けた。

明らかな縊死《いし》だった。

その下には、折たたみ椅子が、倒れていたから、椅子の上に乗り、ロープに首を入れてから、椅子を、蹴飛ばしたのだろう。

駈《か》けつけた警官二人が、ひとまず、死体を地面におろしてから、所持品を調べた。

ポケットから、遺書と、今日の朝刊の切抜きが見つかった。

切抜きは、新宿通りで、車にはねられた高品誠の死亡記事だった。警官は、遺書を広げた。

〈今日、新聞で、高品誠さんの死を知りました。悲しい。

私が、唯一、愛した人でした。ある事件で、彼は、全財産を失い、私は、背中に大やけどをおってしまいました。

私たちは、それへの復讐だけを念じて、それを生甲斐《いきがい》にして、生きて来たといってもいいのです。復讐が完成したら、私たちは、初めて、安らかな気持になれるとも、思っていました。

ところが、高品さんが、突然、交通事故で、死んでしまったのです。

私の生きる希望が、一瞬にして、消えてしまいました。高品さんのいない世界は、私にとって、死んだ世界でしかありません。全ての生甲斐が、消えてしまったのです。

復讐など、どうでも良くなりました。

だから、私は、自らの生命《いのち》を絶ちます。私と高品さんのために、力になって下さった方たちに改めて、お礼を申し上げます。

出来れば、私の骨は、高品さんのお墓に入れて下さい。お願いします。

さようなら。

小柳　ゆみ〉

宛名のところには、ただ、「遺書」とだけ、書かれていた。

二時間後に、十津川と、亀井も、深大寺に駈けつけ、呆然として、小柳ゆみの死体を眺めた。

所持品の中には、運転免許証もあり、小柳ゆみ本人と、確認された。

彼女が、深大寺まで乗って来たと思われる軽自動車も、近くで発見された。

死体は、司法解剖のため、大学病院に運ばれる一方、急遽、捜査会議が、開かれた。

「高品は、自動車事故に見せかけて、殺されたと思われますが、小柳ゆみの方は、ほぼ、間違いなく、自殺と考えられます。私は、正直にいって、こんな形で、今回の事件が、終息するとは、考えていませんでした」

十津川は、会議の冒頭で、話した。

「これで、終息するのか？」

と、三上本部長が、きく。

「高品をはねた男は、逮捕します。多分、目加田か、中川のどちらかと思いますが、酒井久仁、或いは、柏木の指示で、はねたとは、決していわないでしょう。これで、酒井久仁を狙っていた高品と、小柳ゆみは亡くなり、事件は、終息してしまいました」

と、十津川は、いった。

高品をはねた犯人、目加田は、自首してきたが、彼が、何者かの指示を受けていたことは証明できそうもなかった。

小柳ゆみの司法解剖の結果も、自殺であることを、覆《くつがえ》すものではなかった。遺書も、彼女の筆跡だった。

「どうなっているんだろう？」

十津川は、ぶぜんとして、亀井と、顔を見合せた。

「全ての期待を裏切ったわけですよ。こんないい方は、不謹慎ですが」

と、亀井もいう。

「塚本が、酒井久仁や、大和菓子店について調べた結果を公表すると期待していたんだが、それもない」

「酒井法律事務所も、大和菓子店も、いくら調べても、不正の証拠は、見つからなかったんでしょう。私立探偵をいくら傭っても、所詮《しょせん》は、力がありませんよ」

「酒井法律事務所で内部告発があるんじゃないかと、期待したんだがね。それも無かったということか」

「それだけ、酒井法律事務所は強力で、そこに働く奴は、ボスに頭が上らないいんですよ。きっと、今頃、酒井久仁は、事務所で、乾杯してるんじゃありませんか。それに、大和菓子店の五十嵐社長もです。もう、高品と、小柳ゆみも、あの世へ行ってしまったんだから、安心して眠れますよ」

亀井は、小さく肩をすくめて、いった。

6

亀井の推理どおり、その時、酒井法律事務所では、所長の酒井久仁を中心にして、祝杯をあげていた。

大和菓子店社長の五十嵐や、K組の組長からのシャンパンと、日本酒が、届いていた。

一方、大和菓子店の社長室では、五十嵐が、酒井久仁から届いたシャンパンケースを、開けようとしていた。

午後七時、ジャスト。

二つの部屋で、同時に、シャンパンケースに仕掛けられた時限爆弾が、爆発した。

賑《にぎ》やかな法律事務所と、和菓子店の社長室は、一瞬にして、地獄と化した。

人間の身体は、バラバラになって、飛散し、続いて、ビル全体が、炎に包まれた。

消防車が、けたたましいサイレンをひびかせて、何台も、酒井法律事務所のビルと、大和菓子本店ビルに集ってきた。

一時間の消火作業のあと、残ったのは、コンクリートと、鉄と、ガラスの廃墟だった。

十津川たちが、数時間後に、そこに立ったとき、死体の判別も出来なかった。

十津川は、その惨状に、爆発した時限爆弾の強さと同時に、これを送りつけた人間の憎悪の強さも、感じないわけにはいかなかった。

その五日後、十津川は、亀井と、箱根の別荘に、塚本を訪ねた。

今日も、別荘は、ひっそりと、静まり返っている。

塚本は、十津川を迎えて、微笑した。

「そろそろ、お見えになる頃だと思っていましたよ」

「誰の計画だったんですか？」

と、十津川は、きいた。

「誰の？」

「われわれは、高品誠の死について、調べ直しました。彼は、自分が狙われているのを知っているのに、意味もなく、新宿通りを歩き、意味もなく、横断歩道でもないところで、通りを横断しています。まるで、殺してくれといっているのと同じです。そして、予想どおり、柏木が使っていたK組のチンピラの車に、はねられて、死にました。翌日には、深大寺で、彼の恋人の小柳ゆみが、悲しみの余り、自殺してしまった。これも、よく考えれば、不思議だ。彼女は、高品と組んで、永井みゆきを殺したほど、冷静で、意志の強い女性です。それなら、高品の死んだ理由を調べ、難しくても、復讐しようとする筈です。それなのに、あっさり、自殺してしまった。なぜだろうと考えましたよ。そして、一つの結論に、達しました。高品が、自殺に近い死に方をしたのも、小柳ゆみが、自殺したのも、全て、復讐計画の中に入っていたのではないかとです。二人が死ねば、酒井久仁も、大和菓子店の五十嵐社長も、ほっとして祝杯をあげる。それに合せて、時限爆弾を仕込んだシャンパンケースを、お互いの名前を使って、酒井法律事務所と、大和菓子本店に送りつけた。もし、高品と、小柳ゆみが、生きていれば、絶対に、疑って、受け取らないでしょうが、何しろ二人とも、死んでしまっているんです。まさか、死人が、時限爆弾を送りつけてくるとは思わず、受け取ってしまう。それで、ドカーンです」

「面白い」

「問題は、その爆弾ですよ。和菓子店の高品や、その秘書の小柳ゆみに、爆薬が入手できるとは、とても考えられません。その点、あなたは、金もあり、コネもある。今みたいに、物騒な世の中では、金とコネがあれば、強力な爆薬だって、手に入るでしょう？　信管もね。あなたも、高品と、小柳ゆみの計画に、参加していたんだと思う。小柳ゆみが、時限爆弾を送りつけてから自殺したのか、それとも、二人が死んだあと、あなたが、送りつけたのかはわかりませんが、今の私の話で、合っているんじゃありませんか？」

「合っていますよ」

と、塚本は、微笑して、

「私はね、何としてでも、高品君たちを、復讐をすませたあと、海外に逃がしてやりたかった。しかし、あの二人は、それを断りました。もし、殺人を犯して、のうのうと逃げたりしたら、連中と、同じになってしまう。それだけは嫌だという、とんでもない、復讐の方法を、持ち出したんです。自分たちを殺し、酒井久仁たちを安心させておいて、爆殺する方法ですよ。私は、最初は、反対したが、最後には、賛成した。爆薬を手に入れたのは、私です。十津川さんのいうように、今は金とコネがあれば、強力な時限爆弾だって、手に入るんです。酒井法律事務所と、大和菓子に送りつけたのは、私ですよ。二人が死んだあと、間を置いてから、送りつける計画でしたからね。成功しました」

「われわれと、一緒に、捜査本部に来て下さい」

と、十津川が、厳しい顔で、いった。

塚本が、微笑した。

「時間がない」

「時間？」

「あなた方の姿を見た時、スイッチを入れたんですよ。あと、三分で、この家に仕掛けた時限爆弾が爆発する。高品君と同じでね。殺人を犯しておいて、生き延びる気はないのです」

「一緒に来なさい！」

十津川が、怒鳴るようにいい、手を伸すと、塚本は、ガウンのポケットから、拳銃を取り出して、銃口を、十津川たちに向けた。

「あなたのいう通り、金と、コネがあれば、こんなものも、手に入るんですよ。本物ですよ。連れて行こうとすれば、射つ。早く逃げなさい！」

と、塚本が、いう。

「逃げろ！」

と、十津川は、叫んだ。

二人は、玄関に向って、駈け出した。ドアを開けて、外に飛び出す。

十メートル近く、走ったとき、激しい爆発音と共に、強烈な爆風が、二人の背後に、襲いかかってきた。

本書は2002年6月徳間文庫として刊行されたものの新装版です。
なお、本作品はフィクションであり実在の個人・団体などとは一切関係がありません。

徳間文庫

夜行列車《サンライズエクスプレス》の女《おんな》

〈新装版〉

2023年8月15日 初刷

著者 西《にし》村《むら》京《きょう》太《た》郎《ろう》

発行者 小宮英行

発行所 株式会社徳間書店

東京都品川区上大崎三−一−一
目黒セントラルスクエア 〒141−8202

電話 編集〇三(五四〇三)四三四九
販売〇四九(二九三)五五二一

振替 〇〇一四〇−〇−四四三九二

印刷
製本 大日本印刷株式会社

ISBN978-4-19-894893-1 (乱丁、落丁本はお取りかえいたします)